歳時記ものがたり

榎本好宏

本阿弥書店

目次

春

夏

秋

冬

装幀　大友　洋

歳時記ものがたり

榎本好宏

春

針供養と一つ目の妖怪

ちょっと歳時記に詳しい人なら、「針供養」なる行事が、春と冬に二つあることを知っている。春は二月八日、冬は十二月八日がその日である。では、有名俳人二人の針供養の句を並べてみるが、どちらが春で、どちらが冬なのだろうか。

草の戸を出て夕まぐれ針供養　　高浜虚子
蹇《あしなえ》の妻の晴着や針供養　　日野草城

さて、私にも判じかねるが、この針供養、関東では二月八日に、関西では十二月八日に行われることを知っていれば、鎌倉に長く住んだ虚子の句は春だろうし、一方の草城は関西の人だから冬だと判じるしかない。

多くの文献には、江戸の淡島明神で二月八日に行われたものと、地方では金沢の針歳暮や京都の針供養のように、十二月八日に行われるところもあると書かれるので、季語上の針供養は二月八日の方がメーン行事だったようである。

その淡島明神を、江戸時代に針供養の神と定め、大奥の女性や大名旗本に出入りしていた御物師、更に市中の仕立て屋から、各家庭でも行われていた。

現在の針供養は、折れた針や使わなくなった針を豆腐やこんにゃくに挿すが、当時はもっといろんな供養があった。『江戸文学俗信辞典』（石川一郎編、東京堂出版）によると、こんな光景が描かれている。

裁縫の師匠のところにお針子達が集まり、米、人参、大根、芋《いも》、牛蒡《ごぼう》、小豆などを持ち寄り、これを煮て、一年間使用して折れた針を祀って、裁縫が上達することを願い、この日は一日仕事を休んで遊んだ。また、二月八日としたのは、「六質汁《むしつじる》」の行事と合わせたとされる。

「六質汁」とはあまり聞き慣れない言葉だが、野菜や豆類、豆腐などをいろいろ入れて、味噌汁やすまし汁にしたもので、事始めや事納めの日に食べるので、お事汁とも呼ばれた。

少し話を深めていくが、二月八日と十二月八日は、両方とも「八日」である。言ってみればこの八日が「事八日《ことようか》」につながるからである。事八日の「こと」は小さな祭りの意だが、その一方、この日は一つ目妖怪が来る日といい、これを避けるために、軒先に目籠を掛けたりもした。

少し余談になるが、私が小学校時代に疎開した群馬県には、「笊《ざる》をかぶるとめかいごになる」という迷信があった。ここで言う「めかいご」とは、物もらい、または麦粒腫《ばくりゅうしゅ》のことで、瞼《まぶた》の裏にできる、麦粒ほどの腫《は》れ物である。皆が言う迷信に従って、私も笊をかぶったことがない。

「事八日」に現れる妖怪は一つ目小僧で、その出現の予防策として、目籠を竿の先に吊った。すると一つ目小僧は、目籠の目の多さに驚いて退散する仕儀になる。どこか、私が群馬で経験したことと共通点がある。

江戸時代の風俗誌『守貞漫稿《もりさだまんこう》』（喜田川守貞）にも同じ話が出てくる。かの一つ目小僧を驚かした目籠の目は星の形をしていて、仏教にいう呪文の「九字《くじ》」に似ていて、邪を除く意があるという。その九字とは、「臨、兵、闘、者、皆、陣（陳）、列、在、前」の九つ。もともとは山に入るときの魔除けの呪文とされたが、密教や修験道に取り入れられてから、一切の禍を除く護身呪となったというから、目籠の目の変身ぶりもすごい。

話が大分横道にそれたが、針供養を行う場所は、俗に淡島様と呼ぶ淡島神社（和歌山市加太）系の社寺が多い。これは婦人病や安産のための信仰が高かったからでもある。

この針供養は、俗に「八日節供」とも呼ばれる「事八日《ことようか》」に由来している。ざっくばらんに言えば、二月八日が「事始め」で、十二月八日が「事納め」ということになる。農耕儀礼から言っても理に適っている。宮城県の一部には歳神《としがみ》以外の神々が、「十二月八日に、種物をもらいに出雲に旅立ち、それを二月八日に持ち帰る」という農神的な物語も伝わっている。

もう一つ、物忌みとも無縁でない、「八日吹《ようかぶき》」なる冬の風がある。ここで言う八日とは十二月八日の方で、雷を伴った強風がこの日に吹くという。富山湾で冬の雷が鳴ると鰤《ぶり》が獲れるので、この雷を「鰤起し」と呼ぶのと同じである。

またこの風が吹くと、京都の沿岸では、河豚《ふぐ》の一種の針千本が打ち上げられるという。子どものころ指切りの約束をする折、「指切り拳万《げんまん》、嘘ついたら針千本飲ます」と唱えた魚である。これは竜宮で乙姫の針を盗んで追放された魚だという。しかし、なぜかその京都では、打ち上げられた針千本を、あろうことか、魔除けとして家の出入り口に吊る風習が古くからあった。

ご本家、中国での霾《つちふる》

歳時記の中には難しい言葉が多いが、春の季語、霾もその一つかも知れない。読みの「つちふる」に従えば「土降る」に置き替えて、ああ、あの風かと思い出す。三、四月ごろの季節風に乗って、中国大陸から大量の土を運んで来て、西日本を中心に撒き散らす、あの風である。

多い少ないはあっても、日本全土に及ぶ現象なので、歳時記の傍題季語も多く、「霾《ばい》」「霾晦《よなぐもり》」「霾天《ばいてん》」「黄沙《こうさ》」「黄塵万丈《こうじんばんじょう》」「よなぼこり」——と、どれも難しいが、中には今のモンゴルを蒙古と呼んでいたせいか、「蒙古風《かぜ》」なる大きな季語もある。

本題に入る前に、「霾」の字を漢和辞典で確認してみたが、確かに読みは「つちふる」で、意味も「大風が土砂をまきあげて降らせる」だから「土降る」の当て字ではない。

その霾の様子を、私が大学時代に書生として師事した、評論家で、中国滞在の長かった高木健夫氏の著書『北京歳時記』（永田書房）から引用させてもらう。そこにはこう書かれてある。

「北京が春らしくなるのは、清明節の前後からである。江南にくらべて、華北の春はおそく、しかもきびしい。そうした春の前触れとして、大陸高気圧がもたらす蒙古風（黄沙）は朔北の沙漠《ゴビ》の、細かい砂を上昇気流に乗せて北京に運んで来て、その陣々たる烈風は、太陽の光線を遮って荒れ狂う」

文中にある清明は、二十四節気のひとつで、春分から数えて十五日目、陽暦に直すと四月五、六日に当たる。この現象は、凍りついていた黄土層が、三、四月ごろ解けて乾いて灰のようになる。そんな折は、大陸の湿度が最も低い時だから、黄土の粒は乾いて軽くなり、ちょっとした風でも上昇し、気流に乗ってしまうのだ。この程度のことは、大方の日本の歳時記にも書いてある。

日本での霾は、空が少し黄ばんだり、自動車のボンネットの上にうっすら積もる程度だから、一種の風物詩ですむが、当の中国ではなかなかそんな訳にはいかない。もう一度『北京歳時記』の一文を引かせてもらう。

「太陽は松花《スンホワ》の卵の黄身のようになり、ひどくなると電燈をつけなければならない。おまけに黄砂粒は帯電しているので、ラジオをダメにするし、発動機《モーター》の隙間から入りこんで故障を起こさせるし、農作物の開花期には受精に影響をおよぼす。ただ、人体にはあまり影響はない、というから衛生的にはそう神経質にならんでよろしい」

戦前の記録だから、現在の中国では、もう少し様変わりしていることだろう。

中国最古の字書『爾雅《じが》』は、漢の時代の学者たちが、『詩経』などの伝記を集録したものだが、この字書の中に「風にして土を雨《ふら》すを霾《ばい》という」のくだりがある。この一文を受けて、先の高木健夫氏は、中国の古い文献の中から引いた蒙古風の恐ろしさを伝える一文を見せてくれた。いわく、「世宗の至元二十七年、土を雨《ふら》す七昼夜、七、八尺に至り牛畜を尽く」と。降雪の七、八尺ならともかく、土が七、八尺とあらば、牛畜のみならず、人間や建物への影響も並大抵でなかったろうと推測できる。

不思議と言えば、松尾芭蕉の『奥の細道』にも、この霾の言葉が出てくる。芭蕉一行が鳴子の湯から尿前《しとまえ》の関に差しかかり、出羽の国へ越えようとした折、関所の番人の家に泊めてもらう。ところが風雨が吹き荒れ、三日間逗留《とうりゅう》する羽目になる。

蚤《のみ》　虱《しらみ》　馬　の　尿《しと》　す　る　枕　も　と

の一句は、この折にできた。

ここから出羽へ抜けるには、途中にけわしい山があり、道も定かでないので、道案内人を頼んで越えるがよい――との主人の助言に従って、芭蕉一行は出立する。その辺の事情を『奥の細道』には、こんな風に書いてある。

「あるじの云《いふ》にたがはず、高山森々として、一鳥声きかず、木の下闇茂り合ひて夜行くがごとし。雲端《うんたん》につちふる心地して、篠の中踏み分け〳〵、水を渡り、岩に蹶《つまづ》いて、肌につめたき汗を流して、最上の庄に出づ」

文中に出てくる「雲端につちふる心地して」の「つちふる」が、かの霾だが、これは芭蕉の言葉でなく、杜甫《とほ》の詩の引用なのである。とは言え、当時の教養人は、杜甫や李白の詩などは当たり前にそらんじていた。念のため杜甫の詩を白文で書くと「已入風磴霾雲端」となる。

評論家の山本健吉氏によれば、江戸時代にも霾の現象は見られたはずだが、鎖国時代とあって、その原因も分からなかった。季語として使われ始めたのは、大正末ごろからだとしている。

東尋坊に吹く恨みの風

福井県北部の三国町に、海に面して、輝石安山岩が高さ二十五メートルの絶壁をなして続く景勝地がある。改めて書くまでもないが東尋坊のことで、越前加賀海岸国定公園の中でも第一の観光地である。

それだけに、近くの松林を縫う遊歩道には、この三国ゆかりの高見順、三好達治、高浜虚子、そして虚子の弟子で、三国出身の森田愛子らの文学碑が並ぶ。

この名勝の地に、毎年四月五日に、恨みの風が吹きつのり、海に慣れている漁師も、この日ばかりは舟を出さないとされてきた。不可思議な絶壁の「東尋坊」の名とともに、その「ものがたり」を遡ってみる。

この近くには天台宗の名刹《めいさつ》「平泉寺《へいせんじ》」があり、現在の地名で言うと、勝山市平泉寺町として、寺の名が地名に残っている。養老元（七一七）年に、「越の大徳」と言われた泰澄《たいちょう》によって開かれた寺だから、もう千三百年も前のことである。白山信仰の越前側の禅定道の拠点として発展した寺だったが、明治四（一八七一）年に廃寺となり、現在はない。

この寺は強力な僧兵を擁し、源平合戦を始め南北朝争乱、そして一向一揆などにかかわり、盛時の元亀年間（一五七〇～七三）のころには、寺領が九万石、四十八社、三十六堂、六千の僧坊を抱える大寺だった。

しかも、つわ者揃いだった。ただ、この時代より四百年ほど前だが、そのつわ者の中に東尋坊なる、名うての暴れ者で通った僧がいた。寺内は言うに及ばず、近郷の民百姓も苦しめられたがため、鼻つまみの僧でもあった。

そんな東尋坊にも、恋いこがれる娘「あや姫」がいた。かわいい存在だったから、ライバルも多く、中でも侍の真柄覚念《まがらかくねん》も恋心を持っていた。さすがの東尋坊も、侍の覚念には手出しできなかった。

源平のころというから、今から八百年以上も前になるが、寿永元（一一八二）年四月五日に事は起きた。平泉寺の僧達は、仲間と連れ立って、この景勝の地に花見にやって来た。東尋坊はもちろん、恋がたきの覚念も加わった。それぞれが岩に座り酒盛りが始まった。つわ者ぞろいとはいえ、酒をあおるに従って酔い始めた。東尋坊もその一人だった。

この花見は謀《はかりごと》だから、あらかじめ各々の手筈が決めてあった。例のごとく酔って暴れだした東尋坊を、恋がたきの覚念が、力まかせに崖から突き落とした。しかし一筋縄でいく東尋坊ではないから、辺りにいた僧や子供を抱えて落ち、道連れにした。

崖から落とされた東尋坊の御霊はたちどころに現れ、一天にわかにかき曇るや、大粒の雨が降り始め、雷が落ち、大風が吹き、多くの人が傷を負った。その後、四十九日間、海は荒れに荒れたという。

東尋坊の怨念は、この四十九日だけで収まらなかった。毎年の四月五日に行われる平泉寺の川上御前の祭りには、東尋坊の怨霊が黒い雲に乗って平泉寺にやって来るので、漁師といえども、海の荒れを恐れ、この日ばかりは舟を出さなかった。

東尋坊の名前の由来には、もう一つ別の話も残っている。福井市の勝縁寺（浄土真宗本願寺派、元は天台宗）に伝わる話がそれである。この近くに住む次郎市なる男も、先の東尋坊同様に力の強い男だったが、勝縁寺の阿弥陀如来を信仰していた。比叡山で修行した後、平泉寺に入って当仁坊と称した。東尋坊のいたころより随分と後のことである。

この当仁坊は、東尋坊と違って、平泉寺の悪僧達を逆にいさめたために恨まれ、岩の上から海に突き落とされて命を落とした。その怨念が炎となって東に飛び、平泉寺の坊舎を焼き尽くしたというのである。こちらの東尋坊の命名は、当仁坊の怨霊が東に飛んだから、ということになっている。

当仁坊の怨霊はその後、勝縁寺の住職に告げていわく、正月と七月十五日に阿弥陀経を読むこと、そして報恩講には非時食《ひじじき》に預《あずか》るべきこと――などだった。非時食とは、出家が食事をすべきでない時間に、すなわち正午を過ぎて食事をとる意になる。そのため、親鸞上人の忌日である報恩講（陰暦の十一月二十八日）には必ず雨が降ると言われてきた。

しかし、現代の歳時記には「御講凪《おこうなぎ》」なる季語が入っていて

東西の両本願寺御講凪　　高浜虚子

の例句があるように、この日は決まって、凪のない穏やかな日、ということになっている。

そのことはともかく、当仁坊を勝縁寺の門徒とする説から、天正二（一五七四）年に起きた一向一揆（これに勝縁寺も加わったらしい）によって平泉寺焼失につながったという見方もある。その説の延長として、善人である当仁坊を殺したがために、平泉寺が焼失したとするもの。いよいよ話はややこしくなってきた。

「社日」に多い禁忌

歳時記に項目はあっても、その行事、習慣がほとんど途絶えていて死語化している季語は多い。そんな中の一つが、ここで書こうとしている「社日《しゃにち》」(「しゃじつ」とも)かも知れない。この社日の「社」は、中国で言うところの土地の守護神であったり、部族の守護神を指すところから、おろそかにできない行事でもあった。

その日とは、春分または秋分に最も近い、前後の戊《つちのえ》の日を言うことになり、春の社日を「春社」と、秋の社日を「秋社」と区別し、歳時記の分類でも春秋の二季に分けてある。

社日の民俗で知られるのは田の神祝いの伝承で、田の神や作神(農神とも)が、春の社日にやってきて、秋の社日に帰る、いわゆる去来伝承として、全国に伝わっている。

私が戦中の疎開から十年ほどを過ごした群馬県の片田舎でも、この社日の行事が行われていて、子供達にも楽しみな一日だった。私の記憶に残っているのが春社だけだったのは、これから始まる一連の農作業にかかわる農機具や種物などが、この会場で売られていたからだろう。

社日の開かれるＫ町へは自転車で三十分もかかるが、農家の友人達十数人と連れ立って出掛け、農家でない私以外は、親から頼まれた買い物なのだろう、帰りには皆自転車に載せられるだけの荷を積んで戻ってきた。

田の神や作神への信仰とともに、最初にも書いたように、地神を祭る地神信仰とも習合しているから、土地や土にまつわる物忌みが社日には多い。ところによっては、地面や畑をいじらないといった盂蘭盆会《うらぼんえ》初日の陰暦七月一日のような禁忌を言うところもあれば、外での仕事をいっさい禁じている地方さえある。

社日の傍題季語に「社燕《しゃえん》」なる言葉も入っている。南からやって来る燕は、ちょうど春の社日のころ日本へ飛来し、図ったように秋の社日ころ南を指して帰って行く。これにちなんだ言葉に、「燕魚《つばめうお》」なる呼び名をもらった魚がいる。飛魚のことである。

日本で生まれた燕は秋に親と共に南国へ帰るが、なにせひ弱だから、長旅に耐えられない子燕も相当数いる。だから海に落ちる子燕が多かった。そんな子燕が飛魚に変じて、親恋しさから、「父よ、父よ」と呼びながら、後を追い空を飛ぶことになった。

あごの別名を持つ飛魚の滑空は、時には三百から四百メートルの距離に及ぶ。しかも初速の滑空は時速七十キロに及ぶというから並の速さではない。

前にも触れた物忌みの例として、ものの本には怖い話の例が引いてある。いわく「此日《このひ》房事を忌む」と。房事とは今で言うセックスである。この禁を犯すとどうなるかも書いてあり、「此日孕《はら》みし子は白子《しらこ》となる」というのだから怖い。白子とは、メラニン色素が欠けて、皮膚や頭髪が真っ白になる病気のことである。

平安末から鎌倉初頭に書かれた『病草紙《やまいのそうし》』なる文献にも、「しろことといふものあり。をさなくよりかみもまゆも皆白く、めにくろまなこもなし」と出てくるほどだから、白子の禁忌は、空恐ろしいことだったに違いなかろう。

とは言え、社日には禁忌ばかりでなく、佳きとする言い伝えも残っている。全国に多く伝わるものとして、社日の日に酒を飲むと、聾《みみしい》が治るという俗信である。これが治聾酒《じろうしゅ》と呼ばれるものである。歳時記には春の季語として入っていて、自らも聾として悩んだ村上鬼城《きじょう》の一句

治聾酒の酔ふほどもなくさめにけり

が入集している。

何をかくそう、そういう私も耳が遠く、補聴器が手離せなくいるが、晩酌を毎日欠かさない私には、どうも効き目はなさそうである。

あまり耳慣れない言葉だが、九州の北部には、「社日潮斎《しおい》」なる行事があって、海から清い塩水を汲み、浜砂を取ってきて、家の内外を清める風習である。

山梨に伝わる「社日詣《もうで》」も面白い。この日に石の鳥居を七つくぐると中風にならないとする言い伝えで、近隣が誘い合って神社を巡拝するのである。これなどは、社日を口実に、物見遊山に出かける庶民の知恵だったのだろう。

京都には、早朝に東の方角の社寺を詣で、更に順次、南と西の社寺に参り、西で日の入りを見送って家に帰る習俗が残る。これは、彼岸の折、午前中は東に向かう「日迎え」、午後は西に歩いて向かう「日送り」と同じと考えられる。

社日の本家の中国には、このころよく雨が降るので「社翁《しゃおう》の雨」なる言葉もある。どういうことか、こんな語までも拾い込んで、日本の歳時記では、社日の傍題季語としている。

北海道に吹いた馬糞《ばふん》風

この春、札幌にいる友人からもらった手紙の一節に、「そろそろ馬糞《ばふん》風が吹き始めます」とあった。この馬糞風なる風、北海道では季語として使われるが、全国的には知られていない言葉でもある。

戦中、戦後を過ごした年代の人なら記憶はあろうが、その頃の人や荷物の運搬には、馬車や牛車が使われた。私の友人の一人の家も運送屋と呼ばれ、馬を何頭も飼っていたから、学校へ行く前には、兄弟でこの馬の世話をしなければならなかった。学校から帰ってからも、川土手にリヤカーを曳いて行って、餌の草刈りをしたり、帰れば帰ったで、馬用の飼葉切りの仕事が待っていた。

その馬や牛は、ところかまわず往来に脱糞するから始末が悪い。私が疎開していた群馬は農村地帯だったので、この糞の大方は畑に拾い込んで肥料にできた。ただ困ったことに町中に往還と呼ぶ県道が走っていて、中でも商店街はアスファルト舗装になっていたから、苦情でも出たのだろう、のちには、テント地で作ったバケツ風のものが、馬の尻に括り付けられるようになった。

当時、子供の間には、こんな言葉が流行っていた。「馬の糞を踏むと背が高くなるが、牛の糞を踏むと背が低くなる」と。だから子供達は牛糞は避け、もっぱら馬糞を踏んで遊んだ。よくしたもので、馬の餌の大方は、藁を一寸ほどに刻んだ飼葉が主体だから、一日もすれば乾いてパサパサになる。モンゴルのゴビ砂漠の人達は、これを拾い集めて、煮炊きの燃料にするくらいだから、子供も平気でこれを踏む。ところが、背が低くなるとされる牛糞の方は、靴がニューっと埋まるほど軟らかいから、遊び半分とはいえ、こちらは踏みたがらない。

少々前書きが長くなったが、ここらで、北海道の「馬糞風」に話を移す。この地でもやはり運搬の主流は牛馬で、中でも馬が多く使われた。札幌辺りでも、十一月頃から雪が舞い始めるから冬は長い。馬が糞を落とした上に雪が積もる。今なら道路の雪を除いてくれる車両が毎日やって来るが、当時は雪と糞が積み重なって踏み固められる連続だった。

やがて春。日に日に路面の雪が融け、雪に混じっていた馬糞の飼葉が目立ち始める。この代物が、三、四月頃に吹く冬の名残りの風に巻き上げられる現象が、馬糞風ということになっている。

勤めの関係で、私も三年余札幌で暮らしたが、私の見たものは、雪の底に残った一面の泥で、これが風に吹き上げられていた。

古い話のついでに、もう少し古い話をしよう。北海道沖のオホーツク海は、かつて鰊《にしん》の世界三大漁場の一つだった。その頃の景気を反映するかのように、北海道内には、鰊御殿と呼ばれる豪勢な屋敷が、今もあちこちに残っている。そんな中の一つ、礼文島にある鰊御殿の贅《ぜい》に驚かされたことがある。屋敷南面の長い廊下は、杉の一枚板でできていて、幅一間で、長さは三十三メートルだという。当時日本に七本しか生えていなかった杉の木の一本だというから、金に飽かして探したのであろう。

鰊は春の季語。それゆえ歳時記には、「春告魚」のもっともらしい季語も出ている。この季節は曇り日が多いので「鰊曇り」と呼ぶし、鰊の群れてやって来ることを「鰊群来《くき》」と言って、これらも歳時記に載っている。

この季節に本州（北海道では今でも内地と呼ぶ）から、「やん衆」と呼ぶ漁師が鰊漁にやって来る。その「やん衆」は、労働力とし南部駒を連れて渡ってきた。人力のほかに頼れるのは馬力しかない時代だったから、随分と重宝されたに違いない。

鰊漁を終えて本州に帰る「やん衆」は、南部駒を連れて帰るのかと思いきや、馬達は置き去りにされた。その馬が渡島《おしま》半島辺りで野生化して生まれ変わったのが道産子《どさんこ》である。今では、北海道出身者のことも道産子と呼ぶが、渡島の自然の中で育った道産子の方は、ひづめが丈夫で頑強で、しかも、ありがたいことに粗食に耐え、寒さに強い馬に育った。となれば、開拓時代の北海道に、これほど相応しい馬はいなかったということだ。

私が札幌にいた頃だが、輓曳《ばんえい》競馬と呼ぶ競馬があちこちで行われていた。わずか二百メートルほどの短いコースだが、途中起伏がたくさん作られ、そこを馬そりに重い物を乗せて走るレースである。この馬が道産子の名残りだと聞いたが、この輓曳競馬、今でも続いているのだろうかと思う。

凧をつかさどる風の神

赤城颪《おろし》の吹きつのる群馬で少年期を過ごした私にとって、この風をもらって遊ぶ凧揚《たこ》げほど熱中したものはない。近著『懐かしき子供の遊び歳時記』（飯塚書店）には、凧の作り方から、凧揚げの失敗の数々までを書きつづった。

童謡にも、「早く来い来いお正月、お正月には凧揚げて、追いばねついて遊びましょ……」（東くめ作詞、滝廉太郎作曲「お正月」）と歌われるから、凧揚げは新年の季語だと思い込んでいた。ところが、歳時記の分類では、れっきとした春の季語であることを、俳句を始めてから知った。

では、冒頭に触れた「お正月には凧揚げて」とは何だったのだろう、と思う。誤解を招きやすいので、その根拠をまず書くと、江戸の風習の中で、凧揚げはとくに藪入り（奉公人が主人から暇をもらって自宅に帰ること）の一月十五、六日に行われたことに由来している。

ところがこの凧揚げ、地方によってまちまちだった。当時の大坂では二月の初午《はつうま》（二月の最初の午の日）に行われているから、歳時記的に言えば春ということになる。現代の行事で言えば、浜松の、かの源五郎凧は五月の行事だし、長崎の「はた」と呼ばれる凧揚げは四月、これも名高い新潟の白根市の大凧揚げは六月、沖縄に至っては、なんと十月に揚げるというから、歳時記上の「春」の分類に適っていない。

のっけから季語のルールに外れた例を出し過ぎたが、凧を春の季語に定めた根拠にも触れておかなくてはなるまい。私達が日頃使っている季語の中に、中国から渡ってきたものが相当数あるが、くだんの凧もその中国に由来する。

いま、俳句をやらない人の間にもはやっているものに二十四節気《にじゅうしせっき》がある。一年を太陽の動きに合わせて、二十四の気に分けたもので、その中の一つが清明である。陰暦の三月、春分の日から十五日目に当たる日で、分かりやすいように陽暦に直すと、四月五、六日ごろ、日本で言えば桜の花盛りの候に当たる。

当の中国では、立春の日からこの清明までの六十日間を放筝《ファンチョン》（凧揚げ）の季節と呼んでいた。中国では凧そのものを風筝《フォンチョン》とも言うから、凧の揚がる音を、風の鳴らす箏《こと》と古人は感じていたのかも知れない。

ところが、この六十日間を過ぎて凧を揚げると、思いがけない災いに遭うという俗信が中国にはある。その理由とは、風を司る神が清明を過ぎると天に帰ってしまうからだとされている。

中国にはもう一つ凧にまつわる俗信がある。凧を高く揚げると強い風圧がかかり、糸が切れて凧は逃げる。私の子供の頃は、折角手を掛けて作った凧だから、畑中を必死に追いかけたが、中国ではこれを吉事とし、放筝《ファンツァイ》と呼んだ。字義通り災いを放すことであった。

だから、わざわざ糸を切って飛ばす風習もあった。

南中国では、切って飛ばされた凧が、自分の屋敷内に落ちることを忌み嫌って、お祓《はら》いをする家まであった。そんな中で、誰にも害の及ばない一番の吉相は、凧が高く揚がって雲の中に入ることであった。

その凧を実用に使った例も中国の史書などには残っている。古いところでは、戦国時代(紀元前七七〇〜四七六)というから、誠に古い。公輸般なる人物が、敵の都の様子を探るために、木製の鳶《とんび》を空高く揚げたことに始まった。素材が木では重かったのだろう、後に紙に替えた凧を使った。これが今でも残る言葉、紙鳶《しえん》なのである。

紙鳶の発案者は、当時の漢の高祖(紀元前三世紀)に仕えていた韓信で、漢の三傑と呼ばれた人物。当初はその紙鳶も、敵との距離の測定に用いる程度だったが、やがて、戦略的にも有利な凧に変身していく。

漢の三傑の一人、韓信が、楚の武将、項羽を、安徽省《あんきしょう》の垓下《がいか》に追いつめた折の奇策がそれである。まず楚軍の戦意を失わせるために、牛の革で凧を作り、その上に笛吹きの名人三人を座らせて揚げた。まさに曲芸の国、中国らしい策である。凧に乗った三人の笛吹きは、上空から楚の国の名曲を合奏したからたまらない、楚軍の戦意はまたたく間に喪失して、負け戦になる——といった、出来過ぎた話も伝わっている。

発想豊かな中国人のことだから、後世になると、凧の形にも工夫が凝らされ、香炉をかたどったものから、鍾馗《しょうき》や孫悟空など中国の伝統のもの、果ては、雁、魚、蟹《かに》、百足《むかで》、孔雀《くじゃく》などの奇抜な形の凧までが揚げられるようになった。

道真伝説と比良八荒

春になって吹く冬の名残りの強い西風が、歳時記にはいくつかある。中でも、怖い風の一つが、琵琶湖上を吹き荒れる「比良八荒」かも知れない。その名の通り、比良山から吹き下りてくる風で、この風が吹き始めると、漁師や連絡船は業を休むし、かつては痛ましい遭難の記録も残っている。

春の歳時記の「宗教」の項には、少々難しい「比良八講」なる季語が入っている。これは比良山の比良明神で、二月二十四日（陰暦）に行われる法華八講のことである。詳しい方ならお気付きだろうが、二月二十四日と言えば、天満天神、すなわち菅原道真の命日に当たる。そのため比叡山の衆徒が徳を積むために集まって、法華八講を修した。

法華八講とは、法華経八巻を八つの座に分け、朝と夕方に一巻ずつを修し、四日間で終える――という荘厳な行のことを言う。

琵琶湖西岸の比良山とは蓬萊山を言うが、打見山、武奈ヶ岳の二山を加えた比良山地のことも言う。その東側は急な断崖で琵琶湖に面している。西から吹く季節風による降雪が多いため、「比良の暮雪」は近江八景の一つになっている。

本題の道真だが、宇多天皇の信が篤く、異例の早さで出世を遂げた。この出世を妬む左大臣の藤原時平の中傷に遭い、大宰権帥《だざいのごんのそち》に左遷され、かの地で死んだことは、史実として知られるところである。

道真の死後、讒言《ざんげん》した時平らが相次いで死に、京都を雷火などの災禍がたびたび襲った。となれば、これらは道真の怨霊のなせるわざと恐れ、道真の霊を「天満天神」「天満大自在天神」などと呼んで京都の北野に祀《まつ》った。これが後にいう天神信仰の基になった。

少し余談になるが、「夏」の章にも「雷よもやま話」なる一文を書いており、ここでも雷火の話に触れている。昔は雷鳴がとどろき始めると、お年寄りや子供は、急いで蚊帳《かや》を吊り、中に籠って「クワバラ、クワバラ」ととなえた。この「クワバラ」は「桑原」のことで、北野天神の付近の桑原には、雷が一度も落ちたことがないからだという。

さて、比良八講に影向《ようごう》された天満天神は、本宮に帰座するため琵琶湖を渡るのだが、山上には嵐が吹き荒れ、湖上は風波がひどく、この日ばかりは漁師といえども船を出さなかった。その風が「比良八荒」である。

この荒れ方のすさまじさは、道真の神号に使われた「天満」に由来し、道真の託宣の「瞋恚《しんい》の焔《ほのお》天に満ちたり」の意になる。「瞋恚の焔」とは、炎の燃えたつような激しい怒り、恨み、憎しみのことで、それが天に満つるというのだから、そら恐ろしい。その対象が、中傷に及んだ時平や、京の街にも向けられたのである。

時代も下って、昭和十六年四月六日というから、太平洋戦争の始まった年である。四高つまり第四高等学校（現・金沢大学）の漕艇班十一人が、比良八荒とおぼしき風にあい遭難している。同じ時刻ごろ、湖面にいて九死に一生を得た京都府立医大予科ボート部のOBの証言は凄い。出港して間なく天候が急変、暗雲が低く立ちこめ、比良山系は姿を消し、雪が舞い始めるや、またたく間に猛吹雪となり、白い波頭が立ち、凍るような波しぶきを頭からかぶった――という。

四高十一人の遺体収容には二か月余を要したが、うち七人は凍死だった。

＊

「比良八荒」に似たもう一つの風は、大阪の住吉の浜に吹く「貝寄風《かいよせ》」かも知れない。陰暦の二月二十二日と言えば聖徳太子の忌日である。大阪の四天王寺ではこの日、聖霊《しょうりょう》会《え》なる法会が行われる。

境内の石舞台の四方に曼珠沙華《まんじゅしゃげ》と呼ぶ飾りが立てられる。仏典では、天に咲く五つの花を五天華《ごてんげ》と呼び、中の一つが曼珠沙華。立てられた飾りの塔には、「花」として、信貴山の苔と、大阪住吉の浜に打ち寄せた貝を貼《は》る。その貝を吹き寄せる風だから、「貝寄風」の名がある。

現在も、太子ゆかりの奈良の法隆寺では、三月二十二日から三日間、くだんの四天王寺では四月二十二日に忌が修される。

もう一つ似た風が春先に吹く。釈尊が入滅した日は陰暦の二月十五日で「涅槃会《ねはんえ》」と呼んでいるが、この前後に吹く冬の名残の西風を「涅槃西風」と書いて「ねはんにし」と呼んでいる。「涅槃吹」の呼び名もあるし、ちょうどそのころが雪の降りじまいの時節だから、歳時記には、「涅槃雪」とか、「雪の果」という季語も載っている。

徳川家康と白魚

松尾芭蕉の伊勢桑名での作品に

明ぼのやしら魚しろきこと一寸

がある。この句を収めた『甲子吟行《かっしぎんこう》』の前文には「草の枕に寝あきて、まだほのぐらき中に浜の方に出て」とある。十月（陰暦）のことだった。初案では、「明ぼのや」が「雪薄し」と書かれてある。

評論家の山本健吉氏の見立てでは、雪の景色を消し、白魚の白にもっぱら焦点を当て、印象を強くしたのだろう、という。もう一つ、当の桑名辺りでは、白魚のことを「冬一寸春二寸」と言っていたから、芭蕉はそれに合わせたのかも知れない。とはいえ、「白魚」そのものは、れっきとした春の季語である。

表題の徳川家康と白魚の関わりだが、これが意外と縁が深いのである。その一つが、東京の隅田川河口近くにある佃島との縁であろうか。大坂城攻めをした折、家康は、洪水等の難に遭い手を焼いていた。この難に手を貸したのが、摂津国、佃村の漁民だった。その恩に報いるべく家康は、佃村の漁民数十人を江戸に招き鉄砲洲東側の砂州を与え、白魚漁の特権をも付与した。ちなみに鉄砲洲とは、幕府の鉄砲方が大砲の発射演習を行ったところでもある。

春の季語の「白魚」も漁期は長く、十一月から翌年の三月中頃まで続き、佃島の漁民は将軍家に納めていた。河竹黙阿弥の世話物『三人吉三《さんにんきちざ》』の中の大川端の場の「月もおぼろに白魚の、篝《かがり》もかすむ春の宵」なる台詞《せりふ》の場面は、この辺りでの漁の様子である。

中でも初物の白魚は、真っ先に将軍家に献上するならわしになっていて、その献上ぶりがふるっている。まず白魚を朱塗りの箱に入れ、「御用白魚」と金文字で表書きをした上に、黒塗りの挟み箱に入れて運んだ。これだけならまだしも、挟み箱を担ぐ者は、仮に大名行列の前を横切っても、とがめられることはなかった。

この初物献上の話は、文芸雑誌「新小説」に岡本綺堂が書いた小説にも出てくる。それによると、佃島の漁師が隅田川で、それまで見たこともない魚を獲った。くだんの摂州生まれの漁師が、「徳川氏ゆかりの三河産の白魚かも知れない。そうだとすれば、頭に将軍家ゆかりの葵《あおい》の紋が付いているはずだ」というので調べてみるとその通りだった。この一件がきっかけで、初物献上が始まったというが、話が少々出来過ぎている。

こうして、佃島の白魚漁は、徳川時代から明治時代の終わりころまで続けられ、家康の命日である一月十七日には、「御神酒流し」が行われてきた。佃島の人々が、故郷の大坂から分祀《ぶんし》した住吉神社の神主や囃方《はやしかた》が舟に乗り、御神酒を隅田川に注ぎ、川を清める儀式でもあった。

白魚の漁は、『墨水遊覧誌』（春秋花庵菊塢撰）なる文献によると、夜半に篝火《かがりび》を焚いて、火影に寄る魚を掬《すく》い取った。これは向島の土手下の白魚漁を言ったものである。この漁も、明治二十八（一八九五）年に月島の埋め立てが始まる頃まで続いた。明治二十八年と言えば、ちょうど日清戦争の年でもあった。

徳川家のことばかり書いてきたが、庶民の口に白魚が入るようになったのは、家康の没後のことである。江戸市中にも白魚売りが現れるようになった。白魚の値段は二十五匹を一つの単位として「一ちょぼ」と呼んだ。当時の川柳にも

白魚を半ちょぼ出して嫁おがみ

があるが、白魚売り相手の値引き交渉の図と思えばよい。また、同じ川柳に

箸と盆持ってきれいな肴売り

もあった。

とあるが、担い桶《おけ》の中の盆に白魚を入れ、箸《はし》でつまんで数をかぞえながら商った一場面で

ここまで書いてきたのなら、くだんの白魚の食べ方も紹介しなくてはなるまい。そんな例にちょうどいい食べ方が、角川版の『日本大歳時記』に出ている。書き手は水原秋櫻子で、「白魚飯」のことを書いている。

「米に酒を加えて炊き、火を落すときに、薄味をつけた白魚を上に並べる」とまず書く。姿のよい魚が頭と尾を揃えて並んでいるのが美しいし、酒の風味もすこぶるよい、とも言う。ただ白魚は崩れやすいので、これを崩したら「もはや白魚飯らしい感じは失われてしまう」と書き添えている。

最後になったが、白魚と書いて「しろうお」と読む種類の魚もある。こちらは博多名物の「踊り食い」の材料になる。この「しろうお」を吸い物にすると、産地の筑紫、つまり「つ」と「く」「し」の形に曲がることになっている。誰が言い出したのか名言ではある。

外ヶ浜の伝説「雁風呂」

俳句に少しなじみのある方なら、春の季語に「雁風呂《がんぶろ》」なる言葉のあることをご存じだろう。別名「雁供養《かりくよう》」とも呼ばれている。歳時記には、地方に伝わる伝統や風習も多く採録されていて、この「雁風呂」の話は、津軽半島から下北半島一帯までを指す外ヶ浜で語り継がれてきた悲話でもあった。

くどいようだが、この地に伝わる話の粗筋を書いてみる。秋に雁が北から渡ってくる時に、小さな木片をくわえている。途中、海上で羽を休める折、その木片を海に浮かべて休み、陸の上にやって来ると、それを浜辺に落としておく。翌春、北へ帰る雁達は、再びその木片をくわえて北を目指すことになっているからだ。

ところが雁が帰った後の浜辺には、まだ木片が沢山残っている。恐らく日本に滞在中、人に捕らえられたか、死んだ雁のものであろうと土地の人は考え、残った木片を拾い集め、供養のため風呂を焚き、入浴したという故事から生まれた季語でもあった。

雁風呂や笠に衣ぬぐ旅の僧　飯田蛇笏

といった一句もあるくらいだから、こんな旅の僧が、雁風呂の話を全国に伝えたのかも知れない。

ここまで美談を紹介しておいて、話の腰を折るようだが、私の好きな落語にも、これと似た噺《はなし》が残っている。題もそのものずばりの「雁風呂」である。もともと講釈だねの上方噺だったが、二代目の桂三木助から、六代目の円生に伝えられてきた。

水戸黄門こと光圀《みつくに》が、東海道を上って遠州掛川宿へやって来たときのことである。昼食に寄った茶店に、松に雁をあしらった屛風《びょうぶ》があった。土佐光信作までは分かったが、どんな意味なのかが分からないでいた。

その席の隣に座った大坂人風の町人二人が、黄門一行に絵のいわれを説明するくだりに、この噺はなっている。

秋になると、常盤《ときわ》という国から雁が渡ってくるのだという。この常盤の名の地名は国内にはいっぱいあるが、さて外国ではどこを指すのであろう。その雁が国を発つ折に、柴をくわえて飛び、途中くたびれると海に落とし、この上で一休みする。外ヶ浜と同じ筋書きである。そうこうしながら雁は、外ヶ浜ならぬ函館の上空にやって来て、浜辺にある一木《ひとき》の松の根元に柴を落とし、全国に散っていくのだという。

その柴は、冬の間は土地の人によりしまっておかれ、雁の帰る春にまた松の下に戻され、雁はこれをくわえて帰り、残りの柴を焚いて供養する「雁風呂」の名も、先に触れた外ヶ浜のものとまったく同じである。

考えてみれば、函館も外ヶ浜も、津軽海峡をはさんで日本海に面する土地柄だから、こんな似通った話が存在しても一向に不思議はない。

落語の「雁風呂」にも、落語特有の「下げ」があるが、品を落とすことになるので、ここではやめておく。

こんな風に雁にまつわる伝説が多く残っているのは、中国や日本の古典の中に、哀れを催させる渡り鳥なる話が多く残されているからかも知れない。

その一つが、中国の前漢の名臣、蘇武《そぶ》にまつわるものだろう。武帝に仕え、匈奴《きょうど》（北方の遊牧民族）のもとへ使いとして出されたが途中捕らわれ、節を曲げなかったため、バイカル湖のほとりに十九年間も幽閉されてしまう。後の昭帝の時代に、長安の西にある御苑、上林苑《じょうりんえん》の狩りで帝が射落とした雁の脚に、蘇武からの手紙がくくり付けてあって蘇武は助けられることになる。

この話のように雁は、中国では遠隔地の消息を伝える通信の使者とも考えられ、雁信や雁書の言葉も生まれた。今の日本でも、手紙のことを雁の使いとか雁の玉章《たまずさ》と呼んでいる。

こうして名をはせた雁の読み方「かり」だが、これにも諸説があり、中の一つ『万葉集』の例を引く。「ぬばたまの夜渡る鴈（雁）はおほほしく幾夜を経てか己が名を告《の》る」、つまり雁が自分の名を名告って鳴いているとしている。

もう一つ、「かり」を示すものが、これも『後撰和歌集』の中に例歌があった。「往還《ゆきかえ》りここもかしこも旅なれやくる秋ごとにかりかりとなく」の「かりかり」だという。

もう一方の「がん」の読み方の方は、鴈の漢語音読の読み方で、室町時代以降日常的に使われるようになったが、少し上品な呼び名「かり」とは区別されていたようだ。

『遠野物語』の蜃気楼

柳田国男の『遠野物語』は、神、妖怪などの伝承を土地の佐々木喜善から聞き書きした一書だが、この中に「海の霊異（蜃気楼《しんきろう》）」の一編が入っている。今でこそ、科学的に蜃気楼が解明されているが、この著書の出た明治末のころには、神、妖怪のたぐいだったに違いない。

その引用部分はそう長いものでないので、全文を『全訳・遠野物語』（石井徹訳、無明舎出版）から引用してみる。

「陸中海岸の山田町では蜃気楼が毎年見える。（見えるのは）常に外国の景色だという。見なれない都会の様子で、道路には（人の乗った）馬車や馬が多く、人の往来も（絶え間なく）驚くばかりである。毎年（見える）家の形なども（同じで）少しも違うことはない、といっている」

日本でも馬車は都会地に普及していた時代だが、語り手の佐々木喜善は、外国の風景が、それも毎年海上に現れる珍奇さに、さぞ驚いたことだろう。

さて、その蜃気楼だが、歳時記の分類では春の季語ということになっている。

多少観光案内めく話になるが、日本海の富山湾には三つの名物がある。一つは寒鰤《かんぶり》漁で、二つ目が蛍烏賊《ほたるいか》漁、そして三つ目がくだんの蜃気楼である。鰤、それも味のよい寒鰤は、真冬の寒雷の鳴る荒れた海で獲れる。そんなところから寒雷のことを「鰤起し」とも呼んで冬の季語になっている。この寒鰤と違って、蛍烏賊の方は春に漁期を迎える。網ですくい上げたこの烏賊は、さながらその名の通り、蛍のようにまばゆく光るから、これを見るための観光船も仕立てられる。

この湾で春に見られる蜃気楼にも観光客が押しかける。ただこちらは気象条件が揃わない限り現れないから、観光客は待ちくたびれる。富山湾のそれは、虚像が実像そのままに浮かび上がって見えるから評判も高い。

科学的に解析すると、くそ面白くもないが、ここのケースは、光の異常屈折が原因の「上方屈折蜃気楼」と呼ばれるやつである。もっと具体的に言うと、この富山湾やオホーツク海の沿岸では、春から初夏にかけて、雪解けの冷たい水が海に注ぎ、海面付近の空気が低温になったところに、暖かい風が吹き込むと、空気の濃淡のむらから屈折が起きるからだとされる。

この現象になぜ「蜃」の文字を使うのだろうかと誰もが思う。その意味は二通りあって、一つは大蛤《おおはまぐり》の意となる。大方の俳人は、この大蛤の吐く息で蜃気楼が出来るとする説を信じている。

もう一つの説は、蛟と書いて「みずち」と読む想像上の動物の仕業とみる。これは、竜に似た動物で、大蛤と同じように気を吐くと蜃気楼が起きるとされている。蛟のもう一つの姿形は、「竜の一種で四足で、鱗があり、よく大水を起こす」とあるから、空恐ろしい。「みづち」の「み」は水のこと、「つ」は助詞の「の」で、「ち」は霊物の意だから、水神の使者ということになる。この言葉が訛《なま》ったのだろうか、能登辺りで「みずし」と呼ぶのは河童《かっぱ》のことだから、富山湾に現れる蜃気楼を、河童の仕業と思っていたのかも知れない。

歳時記の「蜃気楼」の項に

雉子《きじ》立てり海市消えたる夕岬　　堀口星眠

なる一句もあるが、ここで言う海市《かいし》も蜃気楼の傍題季語である。傍題季語と言えば、他にも、「山市《さんし》」「蜃楼《しんろう》」「蜃市《しんし》」「喜見城《きけんじょう》」などがある。

これらの中で私の興味を引くのは、喜見城かも知れない。もともとは仏教用語で、帝釈天の居城を喜見城と言った。まず驚かされるのは、世界の中心に聳《そび》えるとされる須弥山《しゅみせん》の頂上に位置する忉利天《とうりてん》の中央にあるとされることだ。その城の四つの門に四つの大庭園があって、もろもろの天人が、ここで遊楽するのだという。それにしても、中国人による蜃気楼の見立ての大きさには、ただただ驚く。

ついでながら書き添えたいのは、日本では、中国の故事にあやかって、花街を喜見城とも呼ぶ。かの井原西鶴の『好色二代男』の中にも、「目前の喜見城とは、よし原（江戸）嶋原（京都）新町（大坂）」と出てくる。

もう一つ、これらと同じ現象が、九州の八代海と有明海でも見られる。こちらは、漁火《いさりび》の異常屈折現象で、地元では不知火《しらぬい》と呼んでいる。江戸時代の肥後出身の横綱、不知火諾右衛門と、同じ横綱、不知火光右衛門が創案した土俵入り「不知火型」の不知火と同じである。

不知火の現れる条件は、月のない午前三時前後、それも大潮の干潮時に限られている。時節も陰暦の八月一日の八朔《はっさく》には、光源となる漁火の数が多いので、現れる率も高い。土地ではこの現象を千灯籠《せんとうろう》とか竜灯と呼び、よく出た年は大漁になるとの俗信もあったから、不知火が現れると、お神酒を上げ、三味線、太鼓で祝った、と物の本にはある。

この現象は古くから知られていたらしく、『日本書紀』の景行紀にも出てくるし、『万葉集』では筑紫の枕詞《まくらことば》として、白縫、斯良農比の表記も見られる。

少々眉唾くさい話でもあるが、こんな話も伝わっている。景行天皇が、くだんの筑紫を巡幸した折、遇然この火が現れた。天皇の問いに供の者が「しらぬひ」と答えたのが語源だとする説である。ただ不知火を直訳すれば「知らない火」ともなるから、あながち、作り事とも思えない気もする。

ホウレンソウとお歯黒

日本人にもなじみの深いアメリカの人気漫画「ポパイ」の主人公は、いざという時にホウレンソウを食べて怪力を発揮する。これを口にすると、ポパイの二の腕に大きな力瘤《ちからこぶ》が生まれ、恋人オリーブのため、恋敵、ブルートをやっつける筋書きになっている。

そんな縁から、アメリカのホウレンソウの産地、テキサス州のクリスタル・シティには、ポパイの像が建っている。外貨獲得の効だろうか。

そのホウレンソウだが、歳時記の分類では春の季語で、歳時記の大方には、菠薐草、法蓮草、鳳連草の文字が充てられている。法蓮と鳳連はともかく、菠薐の方は、少々俳句になじみがあっても、なかなか読めるものではない。ただ、この三つとも読みが「ホウレン」だから、地名等の当て字であろう、との見当だけはつく。

その答えはすぐに分かった。「ホウレン」とは唐宋音で言うところのネパールの地名だった。改めて書くまでもないが、唐宋音とは、中国の宋の時代以降の発音である。鎌倉から江戸時代にかけて、禅宗の僧や商人などによって日本にもたらされた発音で、行灯《あんどん》、普請《ふしん》などと同列である。

更に調べていくと、ホウレンソウの原産地はペルシャ（現在のイラン）で、シルクロードを縦横に運ばれ、一部はネパールに入り、そこで地名の「ホウレン」をもらい、やがて中国に到来する——筋書きになる。

当然のことながら、シルクロードで人気のある食品が日本に入って来ないわけがない。多くの文献を照らし合わせてみると、どうも渡来は江戸初期のころらしい。この時期の儒者でもある林羅山の書いた『多識篇』（一六三〇）に既に名が見え、カラナと呼ばれていたが、これは唐菜だろうということになっていた。

同じころの江戸初期の料理本『料理物語』（著者未詳）には「はうれん」とあり、料理方法として、煮物、酢の物、汁、和え物などが挙げられていて、今日とあまり変わりない食べ方だった。

この料理本から少し遅れて板行された『和漢三才図会《わかんさんさいずえ》』（寺島良安、一七一二）には、世にも恐ろしいことが書かれてあった。当時の女性は、お歯黒をしていたが、これに使う鉄漿《かね》とホウレンソウの食い合わせが悪く、血を吐いて死んだ話が書かれてあったのである。世の中は驚いたに違いない。

本題のホウレンソウから少々逸れそうだが、このお歯黒について少し書くことにする。

お歯黒は女性特有のものと思いきや、中世のころまでは、貴族や武士の間で、男の化粧として行われていた、と文献にはある。私の子供のころの母親の口癖は、「男はやたらに歯を見せるものではない」「口を結べ」で、私に言い続けた。この物言いも、男のお歯黒と無縁ではなかったのかも知れない。

時代が下って近世のころになると、このお歯黒は女性のみに行われるようになり、一人前の女性の印となった。『日本民俗大辞典』（福田アジオ他編、吉川弘文館）には、お歯黒のための鉄漿付けは、十三歳とか十七歳の、女の節目に行われるところから、十三鉄漿とか十七鉄漿と呼ばれていた。

更に時代が下ると、このお歯黒は既婚者の印として行われるようになり、嫁入りの前日または当日、あるいは遅くとも妊娠五か月目に行われるようになった。だから歯を染めないまま子供を産もうものなら、「白歯のくせに子供を持った」などとやゆされた話も残っている。

もう少しお歯黒の話にお付き合い願いたい。面白いことに、お歯黒に染める際に当の娘は、鉄漿親とか筆親と呼ぶ「仮親」を持ち、その娘の方は、鉄漿子、筆子、歯黒子となり、一種の擬制的親子関係が結ばれた。今でも結婚の折に、媒酌人を仲人親と呼ぶ習慣にどこか似ている。

この鉄漿親の話を別のところに書いたところ、知人が手紙をくれ、「私の父もいくつかの鉄漿親でした」と書かれてあったから、そんなに古い話ではなさそうである。

その折、仮親は娘に鉄漿付け道具を贈り、将来にわたって娘の世話をし、娘は盆、暮れの義理を果たし、仮親の死に際しては喪に服すことになっていた。

鉄漿作りの手順だが、大変ややこしい。幸い手許にある『和漢三才図会』（平凡社）に詳しいので、それを引用してみる。

「古鉄ヲ器中ニ取リ、米屑ヲ少シ許リ和シテ水ニ漬ケ、夏ハ三日、冬ハ七日、暖キ処ニ在レバ則チ鏽《しゅう》（筆者注・銹《しゅう》と同じで錆びること）ヲ出シ、汁ハ黄赤色、味ハ微甘ナルヲ佳トス。先ヅ五倍子《ふし》ノ末ヲ以テ歯ニ塗リ、次に鉄漿ヲ作ル。此ノ如ク数回ナレバ、則チ歯染ルコト真黒ナリ」

文中に言う五倍子とは、白膠木《ぬるで》の若芽や葉などに、五倍子虫が寄生して出来た瘤《こぶ》、あるいは、五倍子蜂が白膠木の木に作った巣を、臼でひいて粉にしたもの――というから手間もかかり、鉄漿作りも大変な作業だったに違いない。

星の名の付いた地名

カラーテレビが出始めた頃のことだから、随分と昔のことになるが、定年で家に籠もっていた叔父は、このカラーテレビを買った。荷が届いて早速スイッチを入れると、叔父の目に飛び込んできたのは、ニュースで報じる大火事の場面だった。驚嘆した叔父は、こんな恐ろしいものを側には置けない、と、カラーテレビを業者に返した。既に俳句を始めていた私も、叔父の驚きに共鳴できた。

やがてテレビは全てカラー化され、更に時代が経つと、一般市民誰もが動画を撮れるようになり、その動画さえもが、テレビに提供できるようになっていた。

そんな頃起きたのが、平成二十三（二〇一一）年の東日本大震災だった。想像もできない津波が東北沿岸に押し寄せ、建物も車も人も押し流し、そして引いていく。とてもこの世の光景とは思えない場面が連日放映された。しかもカメラの普及があったから、専門の報道カメラマンの入れない町や村の隅々までもが写し出され、途中私も、その凄惨さに何度かテレビのスイッチを切っていた。

この災害から数か月経ってからのことだが、新聞の片隅にこんな記事が出ていた。岩手県から福島県の太平洋側にある神社の大方と、旧宿場町のほとんどが、津波の難をまぬかれたとある。大きな神社から方三尺ほどの、いわゆる祠《ほこら》、これらは地霊を鎮め、その地を守護する神だから、俗に鎮守様と呼ばれている。

東北の太平洋側は、津波の常襲地だから、過去に多くの災難に遭っている。当然のことながら、鎮守様も流される難に遭っている。そのたびに、二度と難に遭わないよう高みに移されてきた。旧宿場町も土地の生活に欠かせない所だから、鎮守様同様に、津波の及ばない高みに何度となく移されてきたに違いない。その結果が、このたびの東日本大震災の被災地に表れた。

一方の庶民はと言えば、せいぜい人間の生きる人生の長さを物差しにして、「滅多にあることではないから」として、相変わらず海辺に生活圏を置いてきたことが、今度の災難を一層大きなものにしてしまった。

あの大震災から一年半ほど経ってからのことだが、こんな名の本が出た。『星地名——縄文の知恵と東北大震災』（無明舎出版）である。何で医者なのか、著者は東北大学を出た内科医の森下年晃《としあき》さんである。

タイトルの一部にも「縄文の知恵」と言っているように、今から四、五千年前の縄文人は、全国の自然の災害上安全なところに、星にちなんだ地名を残していたのだという。氏の挙げる星にゆかりの漢字の由来は、とてもここでは書けない分量だから紹介は省くが、災害後、国土庁が発表した東北地方の津波浸水の地図に、くだんの星地名を重ねると、星地名の付いた土地は、国土庁の図面からは、ほとんど外れているという次第である。

焦点を絞って、津波の二次災害の現場となった福島県の東京電力原子力発電所辺りにもそれがある。第一原発、第二原発とも、海岸線から約一・五キロほど内陸に入ったところに、「細谷」と呼ぶ星地名があり、ここは津波の難をまぬかれている。仮に、その地に原子力発電所が造られていたら、二次災害に遭わなくて済んだのかも知れない。

縄文人は、道標《みちしるべ》となる目標《めじるし》（ランドマーク）を利用して森や原野を自由に行き来する知恵を身に付けていた。即ち、目標とする三対の山々を直線で結び、その直線が一点に集まる場所を生活圏としていた、と森下さんは言う。縄文人が生活のために利用したと考えられる道案内（ナビゲータ）を、現代の数値地図に重ねて正確に再現すると、星地名が見つかるのだとも言う。

そこからは星空がよく見えるのだと指摘する。縄文人の中には、星学、今日で言う天文学に長けている人がいたのだろう。

ついでに私ごとを書く。東日本大震災の前後の三年間、女婿は東電の社員として、福島原発に勤務していた。震災の当日は、たまたま東京本社での会議のため上京していて難をまぬかれたが、十日程のちに福島に戻っている。第一原発から少し離れた第二原発の、被曝を受けない事務棟に居るとはいえ、外出時は防護服を身にまとう。一、二週間に一度家に帰ってくるが、娘は絶えず亭主の被曝のことを心配し続けていた。

震災の直後から私の許にも、俳句雑誌数誌から俳句の注文があったが全て断った。とてもそんな心境になれなかったからである。

そんな折、井伏鱒二の小説『黒い雨』のことを思った。この小説の連載は、雑誌「新潮」の昭和四十（一九六五）年一月号からである。小説から受けた感動はもちろんだが、広島の被爆から二十年の間、井伏はよくぞ堪えたと思う。堪えるということも、文学の要諦なのかも知れない、とも思う。

夏

粽の逸話いろいろ

かつては、五月五日の端午の節供ともなると、街中の菓子屋の店先には、必ず粽《ちまき》が並び、我が家でも母か祖母が用意した粽が食膳に出てきた。子供心に、なぜこの節供に粽を食べるのかは承知していなかった。

その理由は、大人になり、俳句を始めるようになり、手許に歳時記を置くようになってから初めて知った。その一つが、中国から伝わった屈原《くつげん》にまつわる伝説である。

歳時記に興味のある方なら、中国の故事として、洞庭湖に注ぐ汨羅《べきら》の淵《ふち》に身投げした屈原を弔う日が五月五日であり、この日に供養の粽を食べる——程度のことは知っている。

もう少しその辺の事情を詳しく書くと、屈原とは中国の戦国時代の政治家であり詩人だった。ことに、この時代、楚に起こった韻文を集めた歌謡集『楚辞《そじ》』の代表的作家であった。しかも楚の懐王の信任があつく、内治、外交に活躍していたが、こうした人にありがちなのが、ライバルの讒言《ざんげん》だった。ちょうど、醍醐天皇に重用された菅原道真が、藤原時平の中傷に遭って、大宰権帥《だざいのごんのそち》に左遷された例を想像していただければいい。汨羅の淵に入水したのは、それからしばらく経ってからである。楚の人々はこの日、竹筒に米を詰め、水中に投じて、慰霊祭をねんごろに行ってきた――これが粽の語源説の一つである。

もう一つの語源説も中国にあった。この国は、いろいろの想像上の動物を生みだす国で、蛟《みずち》もその一つだった。ちょっと耳慣れない言葉だが、その姿たるや、蛇に似ていながら脚が四本あり、身丈はなんと七丈九尺というからとてつもなくでかい妖怪で、毒気を吐いて人に害を与える。この蛟を鎮める行事も五月五日、ちょうど日本の端午の節供の日に行われる。

さて本題の粽だが、なぜ「ちまき」と呼ぶかだが、古くは茅《ちがや》の葉で餅を巻いたところから「ちまき」となり、古い文献には、なるほど茅巻の表記も見られる。更に時代が下ると、真菰《まこも》や菖蒲でも巻いたが、今はもっぱら笹の葉で巻く。一説には、笹の葉に防腐効果があることに由来している。

屈原の伝説とともに日本に伝来した粽だが、面白いことに、日本に渡来してからは、蘇《そ》夏民将来《みんしょうらい》の思想とも結び付く。その話にも少し触れてみる。

一説にはインド系の神と言われる武塔《むとう》天神が、旅の途中で日が暮れてしまう。困った天神は、ある村の蘇民将来と巨旦《こたん》将来なる兄弟の家を訪ね宿を借りようとする。しかし、金持ちの弟、巨旦将来には断られたが、貧乏な兄、蘇民将来は歓待してくれた。この辺の筋書きを知っている人は多いだろう。

数年して武塔天神は、蘇民将来宅にお礼に訪れ、「腰に茅《ち》の輪を着けるように」指示した。その夜、村中が疫病に襲われ、蘇民将来一家以外は、村中全員が死亡した。その際、武塔天神は、「疫病流行の折は、蘇民将来の子孫だと言って、腰に茅の輪を付けるよう」言った。この辺の事情も、六月の晦日《みそか》の神事、夏越《なごし》の祓《はらえ》の「茅の輪くぐり」が夏の季語だから、俳人の大方は知っている話である。

この故事と粽の関係だが、蘇民将来の子孫が、茅で作った粽を五月五日に食べ、長く疫病を免れたところから、端午の節供には、柏餅とともに、男児の祝いには欠かせない節物《せちもの》となった。

さてここからは、実際の粽の話を書く。そう、室町時代には餡粽なる粽が街中で売られていた。ところが、近世ともなると、粽の人気が高くなり、いろんな粽が作られるようになる。以下は私の愛読の書『本朝食鑑』（人見必大、一六九七年）の請け売りの話になる。

粽の中でも「京師（京都）の珍菓」として、宮中でももてはやされた笹粽は、俗に「道《どう》喜粽《き》」と呼ばれていた。端正な円錐《えんすい》形をし、風雅な味わいの粽で、「烏丸《からすま》に御粽司《おんちまきし》とてかくれなき」と評判をとった、京都上賀茂の川端道喜の粽がそれである。

もともと粽は、黄粉や黒蜜で食べたが、初代の道喜は、米粉に初めて砂糖を入れ、鞍馬笹でくるんで蒸した。この粽を後柏原《ごかしわばら》天皇に献上したところから、内裏粽とか御所粽の名が付いた。

この道喜粽には、面白い逸話が残っている。三日天下の明智光秀のもとに、京都の商家の主が、祝いの粽を持って訪れた。ちょうど酒を飲んでいた光秀は、その粽を皮もむかずに食べ見苦しいありさまで、日向守殿（光秀のこと）の天下は長く続くまいと見限られたという。この粽こそが、京都で名高いくだんの道喜粽だったというが、それにしても、京都人の少々意地悪いはからいだったかも知れない。

相競う牡丹と芍薬

古い中国では、名花を客や友にたとえた面白い言いならわしがあった。その一つが「名《めい》花十二客《かじゅうにかく》」かも知れない。宋の張敏叔なる人物が十二種類の名花を十二種の客になぞらえたものである。日本にはなじみの薄い花もあるが、順に十二種の花の名を書いてみると、こんな風である。

まず頭に据えられたのが牡丹で、貴客の名をもらった。次いで梅の花は清客で文字通りすがすがしい。これも名花の菊の花は寿客になぞらえられた。さらに、土地で瑞香《ずいこう》の名で呼ばれる沈丁花《じんちょうげ》は佳客の名がつき、香料として知られる丁香《ちょうこう》（丁子《ちょうじ》）は、意外にあっさりした素客に収まった。

少々雅びな蘭《らん》の花は幽客の優雅な名がつき、蓮花《れんげ》は水上に咲く花らしく静客となった。日本ではあまりなじみのない酴醾《どび》は山吹のことらしいが、雅客の名で呼ばれた。桂花《けいか》は日本で言う木犀《もくせい》のことだが、これは仙客とされた。日本でも親しまれている薔薇《ばら》は野客に、モクセイ科の茉莉《まつり》を遠客に、そして牡丹のライバル、芍薬《しゃくやく》は近客と名付け、少々素っ気ない名辞となった。

この「名花十二客」は、後に日本にも伝えられ、もっぱら南画家が好んで使ってきた。必ずしも日本の風土に適った花とは限らないが、その花の咲く時節を待っていた中国人の詩心は伝わる。余談ながら私も、第一句集の『寄竹《よりたけ》』に、〈さきがけのわが十二客沈丁花〉

なる一句を入れている。

もう一つ面白いのは、同じ宋の時代の画家・曾端伯が、草木の花十種を選んで名付けた「名花十友」かも知れない。

順次書いてみると、酴醾が韻友、茉莉が雅友、瑞香が殊友、荷花《はす》が浄友、桂が仙友、海棠《かいどう》が名友、菊花が佳友、芍薬が艶友《えんゆう》、梅が清友、梔子《くちなし》が禅友――となっている。こちらもやはり、その名辞の見事さに舌を巻く。しかし別の説では、茉莉と芍薬を除き、蘭の芳友と、蠟梅《ろうばい》の奇友を加えたものもある。ただし、「名花十二客」に入っていた牡丹と芍薬は互いにライバル同士だが、「名花十友」の方では牡丹が落ちているので、ここでは、芍薬の方にやや分がありそうである。

この稿の主題は、牡丹と芍薬を並べてどちらが格が上だろうか、だから、最初に両方の花の歴史を比べることにする。まず芍薬だが、その名は漢名で、芍の字は「はっきり目立つ」意だから、芍薬と言えば、「薬効のある」植物ということになる。中国で最も古い薬物の書で、漢方の古典とも呼ばれる『神農本草経《しんのうほんぞうきょう》』によると、鎮痛などの効用が挙げられている。

日本での最初の漢和辞典『倭名類聚鈔《わみょうるいじゅうしょう》』（源順編）にも、薬草として扱われてきたいきさつが書いてある。

一方の牡丹だが、中国最古の詩集『詩経』に芍薬の名はあるが牡丹はない。しかし、先の『神農本草経』には牡丹も入り、当初は薬草として扱われていた。ところが、観賞用の花としての牡丹は、古く唐の時代から知られていた。あの評判の悪い則天武后《そくてんぶこう》さえもが、宮中の上苑（天子の庭園）に移植したくらいなので、牡丹の人気は並みではなかった。

唐以降は洛陽が牡丹の中心地となり、白楽天が「花開き花落つること二十日、一城の人皆狂へる如し」と詠んだところから二十日草《はつかぐさ》の異名もある。

一方の芍薬は、江戸時代になると観賞用として栽培され、元禄のころには品種も一挙に殖えてきた。わが俳諧の森川許六《きょりく》などは俳文集『風俗文選《ふうぞくもんぜん》』の中で、「芍薬という花は、いまだ嫁《か》せざる娘の齢も二八あまりたるが、寝よげに見ゆる心地ぞする」と書く。しかしこの見立ては諺《ことわざ》に言う「君が寝姿窓から見れば牡丹芍薬百合の花」で、古くは中国にその原形はある。美人を見ては、私達もよく呟いた「立てば芍薬、座れば牡丹、歩く姿は百合の花」の原形でもあろうか。

一方、文学の分野でも牡丹はもてはやされ、『蜻蛉日記《かげろうにっき》』でも、作者の藤原道綱の母に「何とも知らぬ草ども繁《しげ》き中に、牡丹草どもいと情けなげにて、花散りはてて立てるを見るにも……」と言わしめている。

好き嫌いをはっきり言う清少納言も、『枕草子』では、「台の前に植ゑられたりける牡丹などのをかしきこと」とほめそやす。

ここまで見た限りでは、その人気は、芍薬より牡丹の方がやや優勢だが、少々茶化して言えば、牡丹は芍薬の根に接木《つぎき》をするので、芍薬はなかなか牡丹を超えられない。どこか、女の嫉《ねた》みに通じるところが、芍薬にはありはしないだろうか。

蛍は「火垂る」「星垂る」

何十年振りのことになろうか、今年は、誘われて横浜の郊外の公園に蛍狩りに出掛けた。子供の時からそうだったが、この日も、蛍の出そうなムーッとする蒸し暑い夜だった。そんな中の年配の女性のグループも、よほど懐かしいのか、くだんの童唄《わらべうた》、「ほう、ほう、蛍来い。あっちの水は苦いぞ、こっちの水は甘いぞ」と囃しながら川辺で童心に帰っていた。

昭和二十年代の半ばごろだったろうか、全国の農家が殺虫剤・ＤＤＴを使い始めた。お陰で、秋の実りの田の上を一面に覆う害虫、蝗《いなご》は見事に姿を消したが、子供の漁の対象だった泥鰌《どじょう》も田螺《たにし》も鯰《なまず》も田や川から居なくなった。当然のことながら、川蜷《かわにな》を餌とする蛍もあらかた姿を消した。それゆえ、卒業式で必ず歌われる「蛍の光」も絵空事に思えるようになった。

蛍の種類は世界に三千種いるとされるが、日本には僅か三十種の存在が確認されているだけである。なかでも圧倒的に多いのが、源氏蛍と平家蛍の二種で、その名から乱舞するさまを蛍合戦と呼び、源氏と平家の合戦に見立てたことは改めて書くまでもない。

一方、蛍の呼び名の語源の方は、「火垂る」「火照る」「星垂る」「火太郎」といったように、詩歌などの中で育てられた情緒あるものが並ぶ。

蛍を人の霊魂と見る思いも古くからあった。和泉式部と言えば、中古三十六歌仙の一人に数えられる歌人だが、その彼女の許へ通って来る男の足が遠のいた。思案した式部は、山城国（京都府の南部）の貴布禰（貴船）神社に詣で

物思へば沢のほたるも我身よりあくがれ出る玉（魂）かとぞみる

と訴えている。

するとお社の内から、忍び声で神の返歌があった——とは、『古今著聞集』（橘成季編）などに伝わる話である。こんな風に、蛍を人の魂に見立てたり、死霊の化身とする伝承が全国に多いのは、蛍の出現が、ちょうど盂蘭盆会のころと重なるからだとされる。

先にも触れた「蛍の光」の「ほたるのひかり、まどのゆき」で始まる歌詞は、日本人なら誰でも口ずさめる。というのも、日本の学校で音楽教育を始めた明治の初期、教科書を編むに当たり生まれたのがこの曲である。

その辺の事情を詳しく書いてあるのが、手許にある『日本童謡事典』（上笙一郎編、東京堂出版）で、そこから歌の出自を拝借する。

「蛍の光」の元になった曲は、もともとスコットランド民謡だった。そこに伝わる美しい民謡曲を、十八世紀の詩人、ロバート・バーンズが発見し、その曲に「久しい昔」なる詩を作った。「遠く過ぎた日を思い出して／友よ　杯を挙げようよ」で始まり、曲名通り幼友達が再会する折の歌である。十九世紀にヨーロッパ一円からアメリカにも伝わり、送別の折にうたわれるようになった。

その伝で日本にも入ってきて、最初に載った教科書は、明治十四（一八八一）年の『小学唱歌集』初篇で、題名は「蛍」だったが、やがて「蛍の光」となり、今に引き継がれている。しかし、歌詞を誰が付けたかとなると、当時の文部省音楽取調掛の三人のうちの誰かという以外分かっていない。

日本人が書いた詩とあらば、おのずと中国伝来の「蛍雪の故事」に由来することは分かる。古代中国の学者に車胤《しゃいん》なる人物がいた。学問をするのに灯油がなく、夏には蛍を集めて、その光で書を読んだという。一方、学者で政治家の孫康《そんこう》の方も、家が貧しく油を買うことができないため、雪明りで読書したとされる。この両者の故事が、ここで言うところの「蛍雪の故事」である。

「ほたるのひかり、まどのゆき」の後に、改めて書くまでもないが、こんな文句が続く。

書《ふみ》よむつき日、かさねつつ／いつしか年《とし》も、すぎのとを／あけてぞ　けさは、わかれ
ゆく

いかにも卒業式にふさわしい歌詞である。灯火用の油を惜しんだ時代、電力不足で節電せざるを得ない時代を送った世代には、実感として理解もできた。

私達が大学受験のころ、旺文社から出ていた受験雑誌は「蛍雪時代」だったが、何の抵

抗も感じなかった。

そうだ忘れていた。文部省唱歌と言えば、「蛍のやどは川ばた楊《やなぎ》」で始まる「蛍」（井上赳作詞・下総晥一作曲）もあった。短いものだから一番を続ける。


楊おぼろに夕やみ寄せて／川の目高が夢見る頃は／ほ、ほ、ほたるが灯《ひ》をともす

一説によると、日本の動植物の童唄のなかで、最も多いのが蛍の唄だということになっている。

雷よもやま話

世の中の怖いものを順に並べると「地震、雷、火事、親父」となるが、父親に威厳のなくなった現代では、この枠から親父は外されそうである。その中の雷で名の知れた群馬にいた私は、その怖さを十分過ぎるくらい知っている。

その群馬の諺《ことわざ》に「御荷鉾《みかぼ》の三束半《みったばはん》」がある。御荷鉾とは、藤岡市と神流《かんな》町、そして旧鬼《おに》

石町《し》（現藤岡市）の境にある御荷鉾山のことである。古くから山岳信仰で知られる山だが、その御荷鉾山に雲が掛かると、雷が必ずやって来ることになっていた。その雷の出現も早く、刈った麦などの束を三束半束ねるか束ねないうちに上空にまでやって来る、というのだ。

そのことを承知している子供たちも、御荷鉾山に雲が見えるやいなや、遊んでいた川から上がった。この折の用心も、雷は金属に落ちやすいので、腰に付けていたベルトの金具を外し、乗って来た自転車からも離れ、トタン葺《ぶ》きの小屋には決して避難しなかった。もう一つ、高い木に落雷しやすいので、木の下には間違っても近寄らなかった。

少し知恵のつく中学生のころともなると、雷の光速と音速を測って、危険度を計算した。雷は光と音を一緒に発生させ、光はすぐ届くが、音は遠ければ遠いほど遅れて届く。音速は気温で決まる。摂氏零度の音の秒速が三三一メートルで、一度上がるごとに〇・六メートル速くなるから、その日の気温が三〇度だったら秒速三四九メートルの計算になる。私達がお光と呼んだ雷光から音が届くまで一〇秒あったとしたら約三・五キロ離れているので安心した。

余談になるが、広島に落とされた原子爆弾の別名を「ピカドン」と言ったが、これは土地の子供の命名だった。雷と同様にピカっと光ると同時にドーンと落ちたのである。

こんな土地柄だから、樹齢五百年の杉の大木が割けたり、落雷で焼けた家も随分と見た。そのせいか、私の家の近くにあった雷電神社への参拝客も多かった。

疎開先へ遅れてやって来た祖母は、これまた無類の雷嫌いだった。大人になって知ることだが、作家の泉鏡花もご同様で、浅草寺の四万六千日の日に売られる赤とうもろこしを、雷除けに天井から吊っていた。祖母に限らず一般の人は、蚊帳の中でひたすら「くわばら、くわばら」と唱えることになる。

その語源は、当時の誰もが知る由もないが、雷神が誤って農家の井戸に落ちた。農夫が閉じ込めようと井戸に蓋をしたところ、雷神は桑の木を嫌うから、「桑原桑原」と唱えれば二度と落ちないと答えた、という伝説に基づく。

桑原の話は天神信仰にかかわってくる。当時の宇多天皇の信が篤かった菅原道真の出世は異例に早く、これをねたんだ左大臣の藤原時平の中傷で、大宰権帥《だざいのごんのそち》に左遷され、かの地で死んだことは、知られた話である。

道真の死後、京都を雷火がたびたび襲って災禍をもたらした。この災いは道真の怨霊のせいだと恐れられ、道真の霊を「天満天神」「天満自在天神」などと呼んで北野に祀った。

これが後に言う天神信仰の基になった。

先にも引いた「桑原」だが、その基になったとされる話に、天神の在所説がある。そこの桑原には、雷が一度も落ちていない、というのだ。少し茶化すようだが、私の子供時代を送った群馬県は、全国有数の養蚕県だから、県内はどこに行っても桑畑だらけ。それなのに……と思う。

ただ、桑には古くから悪魔を払う効力があると信じられてきた。宮中での男子のお産の折の儀式は、桑の弓と蓬《よもぎ》の矢を使った。その根拠に、中国の古俗「桑弧蓬矢《そうこほうし》」がある。桑の弓に蓬の矢をつがえ、天地四方を射って、男子の将来を祈ったことが転じて、男子が志を立てる時に使う言葉となった。民間でも、箸や椀に桑の木を使うと中風にかからない、といった俗信もある。

俗信が出たついでに、全国に伝わる雷にまつわるものを紹介する。播州赤穂地方に伝わるものに、「疣《いぼ》を落とすには、雷の鳴ったとき団扇であおぐ」の迷信がある。青森県の五戸地方のそれは、もっと極端で、「雷が落ちた樹の皮は虫歯の薬」だとする。

秋田県には、「出棺前に雷が鳴ると、死人の手に餅を握らす」があるが、何のためにそうするのかは判然としない。茨城県の常磐地方に伝わる「唐辛子を一本植えると、雷が鳴るとき泣く」も、少々意味不明である。ただ古人がいかに雷を恐れていたかは、これら俗信から伝わる。

俵屋宗達描くところの「風神雷神図屏風」のように、鬼の仕業とする見方もあったし、円山応挙の「七難七福図・雷《いかずち》」の如く、雷に地獄を見てしまう。つまり「いかず（づ）ち」の語源は「厳《いか》つ霊《ち》」なのである。

ところで、歳時記の秋の天文の項に「稲妻」がある。つまり稲の実りに雷は欠かせない関係だから、この文字をもらった。『和漢三才図会《わかんさんさいずえ》』にも、「稲実る故に稲妻、稲交《いなつるび》の名之《こ》れ有り」とまで書く。稲の実りとは切っても切れない縁だから、歳時記でも、稲妻の傍題季語に、「稲の殿《との》」「稲交」「稲魂《いなたま》」など、稲との相思相愛の言葉が並ぶ。まさに瑞穂の国ならではの自然との合体である。

山の神と鬼おこぜ

虎魚と書いて「おこぜ」と読む魚は、歳時記の分類では、夏の季語ということになっている。なぜかと言えば、その味のよさに由来するからである。中でも虎魚の中の鬼虎魚の旨さは抜群で、薄造りや唐揚げを通人は好む。一杯飲み屋にはまず置いてないが、冬の名物として知られる河豚《ふぐ》屋に、暇な夏の料理として虎魚を出すところが多い。

食べ物の話を書く折によく引用する『飲食事典』（本山荻舟、平凡社）には、ちり鍋や味噌汁がよかろう、とあるが、これではちょっともったいない気もする。

この魚、背鰭《せびれ》に猛毒を持っていて、私の友人は海中で踏んだため、針から毒が入り、三日三晩生死の境をさ迷ったという。そんなこともあるから高級鮮魚店に並べられる虎魚の背鰭は、はさみできれいに切りそろえてある。前記の『飲食事典』の著者は、この毒に当たった時の処置として、「この棘《とげ》に刺された時は、杉の葉を煎《せん》じて洗うと、たちどころに痛みは去る」とまで書いている。

この稿で書きたいことは、鬼虎魚の味や毒についてではない。猟のために山に入る狩人は、どういうことか、山の神への供え物として、この見てくれの悪い鬼虎魚の干物を持参する。どんな理由があってのことだろうと誰もが思う。

多く言われるその訳は、山の神自身にあった。この神、不幸なことに醜女《しこめ》として生まれてきた。「醜女」とは差別語だから、公共性のある新聞や放送の世界では禁止語とされるが、ここではお許しいただきたい。

その醜女として生まれてきた山の神は、美しいものを見ると妬《ねた》むとされてきた。この妬みはまた人間社会も同様である。山の神を怒らすわけにはいかないから、猟師は一計を案じた。鬼虎魚を見たことのある人はお気付きだろうが、この世の中に、これほど醜《みにく》い形相があろうかと思われる姿形をしている。山の神が喜ばないはずがない。このいきさつあっての山の神への供え物なのである。

少し余談になるが、私の俳句仲間でもある茨木和生さんと、この山の神の供え物の話をしていたら、茨木さんいわく、山の神だけでなく海の神も鬼虎魚を好むのだと教えてくれた。こちらが少々酔っていたせいか、その理由を聞くのを忘れていた。

山の神と鬼虎魚の話は、室町時代から江戸時代にかけて書かれた『御伽草子《おとぎぞうし》』にも出てくる。この中の「山海相生物語」に書かれた話がそれである。こんな内容である。

春のいい季節、山の神はつい浮かれて浜辺にやって来た。先の俗説では山の神は醜女、つまり女として登場したが、ここではれっきとした男として描かれている。浜辺で憩う山の神の前に、たくさんの魚を供に、美しい虎魚姫が現れ、春の遊びにふける姿に出逢うのである。山の神は姫に一目惚れし、仲間の獺《かわうそ》を使者に仕立て恋文を送ることになった。

ちょっと脱線することになるが、この獺も歳時記の主役になる動物である。歳時記に不慣れな人のため、この獺について少し触れておく。

春の季語に、「獺魚《かわうそうお》を祭る」があるが、これは七十二候《しちじゅうにこう》からの拝借である。この獺、魚捕りの名人なのだが、捕った魚をすぐに食べずに、岸に並べておくだけなので、獺は先祖の祭りをしているのだろう――ということから生まれた言葉でもある。

さて本題だが、その獺の使いで、姫から色よい返事をもらった山の神は恋に落ち、その夜、獺の案内で姫の許を訪ねることになった。

こうした恋には必ずライバルがいる。かねてからこの姫に想いを寄せていたのが蛸《たこ》の入道である。しかし、姫から日ごろ色よい返事をもらえなかった入道がこの話を聞いて激怒した。早速、仲間の烏賊《いか》の入道はじめ一門の面々を率いて姫を討つことになった。

このことを伝え聞いた姫は、山奥にでも隠れようと、供を連れて山に分け入った。話はうまくできているもので、ちょうど山の神が獺を道案内に姫を訪ねる道中に遭遇したのである。これ以上触れるべくもないが、山の神と姫は夫婦のちぎりを交わし、めでたしめでたしと相成る。

山の猟の呪物《じゅぶつ》としての虎魚について書いてきたが、この虎魚は、もっと広い意味の呪物としても存在した。例えば虎魚を軒先や門につるして外敵の侵入を防ぐ呪《まじな》いとしたり、山の神に病気平癒の祈願をしたり、尋ねものや失せもの探しの呪いにも使われた。

そのため、旅商人が土産品として持ち歩くこともあったというから、暮らしの中の虎魚の存在は意外に大きなものだったに違いなかったろうと思う。

「撃ち羽」が語源の団扇

日ごろ私達が何気なく使っている物の中に、意外に中国から伝わってきたものが多い。なかでも代表的なのが団扇《うちわ》かも知れない。

今でこそ扇風機や冷房装置がどこのお宅にもあるが、かつては、この団扇が、暑さしのぎの主流だった。夏の夜の座敷には、集まった家族が使う団扇の音が絶えずしていたし、夏表に縁台を出しての夕涼みには、煽《あお》ぎながら足許に寄ってくる蚊や蛾《が》を追い払うのに、これほど便利なものはなかった。更に浴衣を着て出かける花火見物には、特に女性の場合、団扇がよく似合った。また、この団扇、風呂の焚き口や、煮炊きをする七輪の脇には必ず置かれる必需品で、こちらは火や水に強い柿渋を塗った渋団扇を使った。

その団扇だが、日本人が編み出した代物かと思いきや、さにあらず、中国から入ってきたことになっている。中国での用法は、日の光を遮《さえぎ》ったり、小虫を払うことに使ったといわれ、ことに後者の用法から「撃《う》ち羽《は》」語源説がある。

よほど使い方がいろいろあったのだろうか、『和漢三才図会』には、団扇に相当数のページを割いている。まず、この文献の本家筋に当たる中国の『三才図会』（王圻・思義撰）から、その用法を紹介している。例えば、「団扇はこれで顔をかくすのである」と書く。日本でもかつてのご婦人は、笑う折など、団扇で口を隠した。南北に長い中国の南部では、「女人はみな団扇を用いる」と書きながら、「ただ妓女《ぎじょ》（芸妓や遊女）だけが撒扇《おうぎ》を用いる」とする。ここで書かれる扇は、日本で生まれ、朝鮮半島を通じて中国に渡ったことになっている。

団扇に多くのページを割いた『和漢三才図会』には、こんなことも書いてある。「思うに」と書いた後に、「団扇は翳《おおい》に似ていて、しかも物を打つことができる。それで宇知波と称する」と類推する。なるほど「宇知波」は、先にも触れた「撃ち羽」と同根の語源説である。

ただ一般には理解されにくいのが「翳」かも知れない。もともと翳とは、陰になるとか薄暗くなる意で、そこから君主の車を鳥の羽で飾ったり、覆い遮ったりすることになった言葉である。中国では龍顔《りょうがん》（天子の顔）を覆うだけでなく、女性にもそうしたと読むべきであろう。

同書は更に筆を進め、本題でもある、わが国の団扇についても触れていく。いわく、「普通、夏月に持つもので、竹でつくる。半分は柄で半分は細く削り分け、順に拡げて骨とし、これに紙を張り、風を招いたり蚊蝿を追ったりする」と書いて、当時の団扇についても紹介している。

「和州（大和）の春日の社人は仕事の隙なときにこれを作るが、大へん美しいものである。奈良団扇という」

ここで言う奈良団扇は、文中にもあるように、もともと春日大社の神官が作った楕円《だえん》形のもので、別名禰宜《ねぎ》団扇とも呼ばれていた。当時、夏になると江戸市中にやって来る団扇売りの売り声も、「本渋うちわ、奈良団扇、さらさ（更紗）団扇」だったというから、その人気ぶりはさすがだったことだろう。

もう一つ、奈良団扇の扇面には、当時の謡曲などに出てくる人気の人物の絵が描かれていたというから、団扇売りの到来を待つ人も多かったに違いない。

ついでながら、『宝暦現来集』（山田桂翁）なる文献には、天保年間（一八三一―四五）初期の、団扇売りの風俗まで描かれているので紹介してみる。このあきんどは、細い篠竹に団扇を通して担ぎ、陰暦だろうが四月上旬から六月中、街中に現れ売り歩いたという。値段の方も、役者絵の描かれた新版ものだと十六文もしたが、絵柄が普通のものなら十二文から十四文と幾分安く売られた。こんな団扇が、当時流行の川柳には「いにしへの都の風を丸く売り」と詠まれたが、このモデルが奈良団扇なのである。もちろん、百人一首の「いにしへの奈良の都の……」を本歌とするパロディーでもあった。

団扇売りまで書いたついでだから、これを作る団扇職人のことまで触れなくてはなるまい。当時の江戸の名品と言えば東《あずま》団扇となる。材にする竹は、箱根や房州から運んだというから贅《ぜい》の限りである。

届いた竹は水桶に一、二昼夜浸してから、竹の骨際を麻糸で堅く縛り、剃刀《かみそり》で細く七十本以上に割いたものを天日で乾かす手順を踏む。竹が乾いたら地紋を張って団扇の形に整え、余った骨を絶ち切って縁《へり》を取る。これで出来上がりだが、この団扇作りが、当時専業で行われたというから、いかに需要が多かったかを、うかがい知ることができよう。

「黄雀風」と藤原実方の不幸

普段あまり使われることのない夏の季語に「黄雀風」がある。「こうじゃくふう」と読む。初夏のころに吹く心地よい風のことだから、薫風と思っていただければよい。黄雀とは一般には雀のことだが、辞書によれば子雀の異称としているものもあるから、少々ややこしくもある。

もっと正確に言えば、これからの論旨にかかわる入内雀《にゅうない》の異名ということになる。この風が吹き始めると、海の魚が地上の黄雀に変じるという、いかにも中国らしい伝説から生まれた言葉である。

もう少し知りたくて、手許にある『中国故事成語辞典』(加藤常賢他編、角川書店)を開くと、まず「嘴《くちばし》と脚が黄色味を帯びていて、陰暦の五月になると、海魚が変じて黄雀となる言い伝えが中国にはある」と書いてあるから得心である。

もう一つ、この辞書には、「黄雀長風《ちょうふう》」なる呼び名のあることを記してくれている。中国でいうところの長風とは、遠くから吹いてくる風を指し、「仲夏の長風暑を扇《あお》ぐ」ことだというから、まさに薫風のことである。

中国の故事はとりあえず脇に置いて、日本では、黄雀が雀や子雀でなく、なぜハタオリドリ科の入内雀なのだろうか、と思う。この雀の命名にも、俗説かも知れないが、平安時代中期の歌人、藤原実方《ふじわらのさねかた》の不幸がかかわっていることが分かった。

かの実方は、中古三十六歌仙の一人で、中宮にある宮廷サロンの花形歌人でもあった。百人一首にも入集している

かくとだにえやはいぶきのさしも草さしもしらじなもゆる思ひを

が実方の歌である。

実方と同じ時代の人物として、三蹟《さんせき》の一人、藤原行成がいた。どうしたことか、行成と実方は不仲であった。ある日、一条天皇の面前で実方は、行成の冠を投げてしまう。よほど腹に据えかねることがあったのだろうが、一条天皇は直ちに「陸奥の歌枕見て参れ」と言い、陸奥守《むつのかみ》に赴任させたのである。真相はともかく、当時の世間は左遷と受け取った。陸奥守として赴任した実方に、もう一つの不幸がやってくる。彼の住んでいた土地は、

今で言う宮城県名取町愛島《めでしま》だが、この土地に笠嶋道祖神があった。知らない訳はなかったろうが、この神の前を下馬しないまま通ったがため、神の怒りに触れ落馬して死んだことになっている。この事故にまつわる話は、鎌倉時代の軍記物語『源平盛衰記《げんぺいじょうすいき》』や、謡曲の『実方』などにも出てくるくらいだから、世の評判を買い、当時の人々の同情を集めた。

余談になるが、鎌倉の八幡宮の前の段葛《だんかずら》の少し手前に「下馬」の地名が残るが、かつては社寺の境内に入る折は、敬意を表して馬から下りることになっていた。そのことを実方が知らなかったはずはない。

もっと時代は下るが、松尾芭蕉も『奥の細道』の道すがらこの地を訪れている。

笠嶋はいづこ五月《さつき》のぬかり道

が、ここで読まれた一句である。折から梅雨のさ中、道はぬかるんでいたのだろう。

実方にまつわる故事を当然知っていた芭蕉は、笠嶋の郡に入るやいなや、実方の塚のある場所を人に尋ねた。するとその人は、「これより遥か右に見ゆる山際の里を、蓑輪・笠嶋といひ、道祖神の社、形見の薄《すすき》今にあり」と親切に教えてくれた。

「道祖神の社」というのが、笠嶋道祖神のことである。実方の塚はその脇にある。もう一方の「形見の薄」は、やはりこの地を訪れた西行ゆかりの場所を指す。

実方の塚の前で西行は、こんな歌を詠んでいる。


朽ちもせぬその名ばかりをとどめ置きて枯野の薄形見にぞ見る

この歌は、『山家集』と『新古今和歌集』に入集している。

西行がこう詠んで歌を手向けると、どこからともなく実方の亡霊が現れ、歌物語をする――というのが、先にも触れた謡曲『実方』に出てくる筋である。

いよいよ文末になったが、この辺りで、冒頭にも触れた「入内雀」のいわれについて書くことにする。

宮中に戻ることを一心に念じていた藤原実方の霊は、雀に姿をかえて宮中に戻り、台盤所《だいばんどころ》、つまり宮中の食物を調理する所に入り、飯をついばんだというのである。すなわち内裏に参入する意の入内《にゅうない》（「じゅだい」とも）のたいそうな文字をもらって、入内雀となったというのだ。少々眉唾《まゆつば》くさい話だが、噂とはいえ、実方の左遷と不慮の死の結果、こんな同情の話が生まれてもおかしくなかったのだろう。

其角の詠んだ雨乞いの句

雨が降るか降らないかで、最も影響を受けるのは農家かも知れない。大根の種を蒔きたいのに、何日も雨が降らなかったり、稲刈りに頃合いの季節なのに、一向に雨の止む気配がなかったりといった具合にである。

そんなだから、垣根の雨蛙が鳴いたりすると、「今日は夕立ちが来そうだ」と思ったりもする。一方の子供達の間にも「お天気占い」なる遊びがはやった時代があった。私の子供の頃の戦中、戦後は、運動靴などは手に入らず、誰もが下駄で過ごしたからできた遊びだったかも知れない。

履いている下駄を、足を振り上げて放し、落ちた下駄の向きで天候を占った。鼻緒が上になり表向きの時は晴れ、裏返しの時は雨だった。滅多にないが横向きに立った時は曇り、更に珍しいのは踵《かかと》を下に立った時は、仲間から喝采《かっさい》をあびた。うろ覚えだが、これは雪だったように記憶している。

これは子供の世界の単なる遊びだが、農を営む大人にとっては、旱《ひでり》も長雨も深刻だったに違いない。ことに旱続きは人間の生き死ににかかわる問題だから、世界中で雨乞いの行事が行われてきた。

日本で最も古い例では、『日本書紀』に、皇極《こうきょく》天皇（六四二〜）の時代、天皇みずからが呪術を行った話が書かれてある。

雨乞いには、歌人までもが動員されたらしく、古くは『万葉集』に、天宝感宝元年（七四九）に大伴家持の詠んだ長歌が収めてある。また、小野小町は、「日の照り侍りけるにあまこひのわか詠むべき宣旨有て」と書いた後に、

ちはやふる神もみまさば立ち騒き天の戸川の樋口あけ給へ

と詠んでいる。その結果はどうだったのだろうか。

我が俳諧の大先輩、宝井其角も、雨乞いに動員された一人である。その一句は其角自身の『五元集』に収められていて、「牛島三遶《みめぐり》の神前にて雨乞するものにかはりて」の詞書《ことば》きの後に

夕立や田を見めぐりの神ならば

の一句を詠んでいる。ご丁寧なことに其角は、「翌日雨降る」と、その手柄ぶりを書き添えている。やはり効果が自慢だったのだろう。

三遶の神とは、現在の東京・向島の三圍《みめぐり》神社のことである。どこの神社も、その霊験を強調したいのだろう、其角の書いた「翌日雨降る」の文言を、「忽《たちま》ち雨降る」に言い替え、江戸の評判になった。

其角の一句には、もう一つ工夫が凝らされている。一句の五七五の頭を拾って読むと、「ゆたか」となり、豊かな雨を降らせて欲しいとする、其角特有の機智が込められていた。

ここでまた『和漢三才図会』のご登場を願う。ここでは「雨乞」とは書かず、雨かんむりの下に「于」の字を合わせ、これで「あまごい」と読ませている。あまり見掛けないこの文字の字義は、「大声で天に訴えてあまごいをすること」になる。そして中国の文献を引いて、「大旱は陽が陰を滅するのである。尊が卑を圧するのである。だから拝して請願する以外にはない」とのたまう。

ここで言う「大声で天に訴える」に倣ったのだろうか、雨乞いの行事には太鼓や鉦《かね》が多く使われた。つまり、その音を雷鳴に模して雨を呼ぼうとする、一種の類感呪術でもあった。太鼓や鉦を打ち鳴らし、念仏踊りをしながら、旱をもたらす邪霊を追い払うという雨乞踊りが多く行われた。

また、山の上に薪を積み上げ、火を焚いて騒ぐ千焚きや千駄焚きといったものも一法だった。逆に牛や馬の首を滝壺に沈めて、水神を怒らせる逆の雨乞いの記録も残る。

日本に比べて降雨の少ないアフリカの雨乞いは凄惨《せいさん》な儀式も行われた。アフリカ東部のケニアには、雨乞いのために子供を生き埋めにする生贄《いけにえ》の儀式を行う部族もあった。

雨に生活を頼るしかないアフリカの遊牧民や農民の間では、雨乞い師の社会的地位が高かった。南アフリカのある部属の女王は、政治的な首長であると同時に、神から任命された最高位の雨乞い師であり、この女王が死ぬと必ず旱魃《かんばつ》がやってくる、という尾ひれの付いた話まで伝わっている。

こんな話も残っている。スーダンやエチオピアにいた雨乞い師は、洞穴に住み、水を混ぜた乳を飲む生活をしていた。雨乞いの儀式はこの洞穴で行われ、皮袋に満たした水を、集まった群衆の前で飲み干して、降雨を祈願するという。一体、どんな神霊に向かっての儀式なのだろうか。

インド伝来の夏安居《げあんご》

熱心な仏教徒か、それとも俳句に永くかかわった人でないと知らない言葉の一つに、「夏安居《げあんご》」がある。少々難しいことを言うようだが、この安居とは、サンスクリット語の梵語《ぼんご》の雨期を訳した言葉だから雨安居と呼んでいる。日本では、陰暦の四月十六日から七月十五日までの九十日間を指す。

梵語が使われているように、この行事は、仏教の生まれたインドで始まっている。インドでの雨期は、強風や豪雨、洪水などの自然災害だけでなく、それに伴う疫病が広がり、日本では想像だにできない猛獣や毒蛇の被害を受けることが多かった。これらの難からのがれるため、僧を一か所に集めて、一定期間修行に専念させる必要があった。いかにも仏教国らしいはからいである。

仏教の伝来と同じように、中国を経由して日本にも伝わったが、その時期も、天武天皇（在位六七三〜六八六）の時代というから意外に早い。『日本書紀』にも、「是の夏、初めて僧尼を請ひて宮中に安居せしむ」と書かれ、これが宮中で行われた最初の夏安居と思われる。

時代が下って、現代の夏安居がどんな風に行われているかを歳時記で調べてみると膨大な量の言葉が残っている。その一部を紹介してみるとこうである。

当然のことながら、九十日間寺に籠ることを夏籠《げごも》りと言い、その間の僧は酒や肉を断つわけだから夏断《げだ》ちと呼ばれている。籠っている間、僧は読経や坐禅《ざぜん》にもっぱら専念するが、当然のことながら写経を行う。これは夏書きと言い、こちらは在家の信徒も同じ行をし、安居の終わる解夏《げげ》を待って、先祖の供養のため、寺に納経することになっている。

夏安居の間中、仏に花を毎日供えるが、こちらは夏花と呼ぶことになっている。鎌倉時代の軍記物語である『源平盛衰記』によると、夏花の風習は、叡山《えいざん》西塔院の釈迦堂から始まったことになっている。和歌山県の有田地方には、現在でも、竹筒を家族の人数分だけ作り、四月八日から、お盆の七月十五日まで、毎日新しい花を挿しかえ、お釈迦様に供える風習が残っている。

夏安居は七月十五日に終わると先にも書いたが、この行を終えた僧達には、安居中の自らの罪科の有無を問い、反省し、懺悔《ざんげ》し合う作法が待っている。この儀式を仏教用語では自恣《じし》と呼んでいる。一般に、自分の欲するままに行動することを言う自恣とは大違いである。

儀式はまだ続く。十五日は盂蘭盆会《うらぼんえ》の最後の日だから、敬虔《けいけん》な信徒は、自恣を終えた僧を招いて百味《ひゃくみ》の供養をする。この百味も仏教用語で、おいしくて珍しい食べ物のことを言う。

自恣僧に百味を差し上げると、両親や祖先の飢渇《きかつ》の苦しみが救われるというのが、「仏説盂蘭盆経」の教えで、これに基づいて行われるのが、俗にお盆と呼ぶ盂蘭盆会なのである。

話が大分抹香《まっこう》くさくなってきたので、話題をインドに戻し、夏安居の原因にもなった、インド洋に吹き荒れるモンスーンについて触れてみたい。

そのモンスーン、季節によって風向きが正反対になる――程度の知識しか日本人にはない。この約束事通り、インド洋はもちろんだが、南アジアや東南アジアでも、夏は南西から、冬は北東から吹く季節風だから、前者が夏安居の原因になった。モンスーンの語源は、アラビア語からもらった、季節を意味する「マウシム」に由来する。

とくに、インド洋から吹きつける夏の湿った南西季節風は、インド各地に多量の雨を降らせる。このためインドでモンスーンと言えば風でなく、雨期に降る雨を指すことが多い。

紀元一世紀の中ごろというから随分古いが、この時代に生まれた『エリュトラー海案内記』なる文献がある。作者不詳のこの書物には、古代ローマ時代の紅海やインド洋の航海の様子、各港の貿易品、各地の産物が克明に記されてある。

中でも季節によって風向きの変わるインド洋では、冬には北東からのモンスーンを利用して、インドや東南アジアから、ペルシャ湾、アラビア半島への横断の航法ができた。南西から逆風の吹く夏は、嵐や強風の多い真夏を避けて、四月から五月と、八月末から九月にかけて、冬とは逆の航法が生まれた。

本題の安居だが、冬にもある。こちらも十月十六日から一月十五日までの九十日間であることは夏安居と同じ。ただ呼び名は、冬安居と書いて、「ふゆあんご」と「とうあんご」の両方の読み方がある。そんな中、臨済宗の寺では雪《せつ》安居の言い方をする。

秋

山上憶良が伝えた七夕

古い中国で、天の川を隔てて相対する牽牛星（鷲座のアルタイル）と、織女星（琴座のベガ）の二つの星に恋の伝説が生まれたのは、後漢（二五〜二二〇年）というから、随分と古い。この二つの星が、陰暦の七月七日にもっとも接近するところから生まれた伝説であることは誰でも知っている。しかし、それ以前から、牽牛星が農事を、織女星が養蚕や糸、針を司る星として信仰され、その信仰が日本に渡ってきてからも強く影響を及ぼすことになる。

その伝説、「七夕」と書いてなぜ「たなばた」と読むかは、案外知られていない。それまでの日本には、棚機《たなばた》つ女《め》信仰なるものがあった。七月七日に、棚機つ女が、人里離れた水辺の機屋に籠り、そこに神を迎えて禊《みそぎ》を行い、穢《けが》れを払うのが、わが国固有の棚機つ女信仰だった。この禊が盂蘭盆会と深いかかわりがあることは、ここでは省略する。ただ「たなばた」の読み方が、中国から伝わった天の川伝説と習合した。

中国で後漢のころから伝わっていた天の川伝説が、日本に伝来したのは、表向きには、天平勝宝七（七五五）年とされているから、予想外に遅い。そのことはともかく、中国からの文化の伝来の大方は、宮中にまず入ってくる。

天の川伝説と共に、中国から渡って来た行事が、いくつか今の歳時記に残っている。ただ大方が絵空事に思えるから、今の俳人は関心を示さない。その一つが清涼殿で行われる「乞巧奠《きこうでん》」（「きっこうでん」とも）かも知れない。「乞巧」は上達を願うことで、「奠」は祀る意だから、糸や針を司る織女星の信仰につながる。この祀りの様子は、大江匡房《おおえのまさふさ》の有職故実書『江家次第《ごうけしだい》』に、克明に写し取られてある。

この行の続く間、清涼殿では火取香《ひとりこう》の空薫《そらだき》（それとなく香をたきくゆらすこと）が、終夜行われる。この香が「星の薫物《たきもの》」とか、「星の薫《かおり》」と呼ばれるものだが、いまだに季語として残っている。

乞巧奠の行われている間、清涼殿の東殿の祭壇の上には、琴柱《ことじ》を立てた十三弦の箏《そう》が置かれ、九本の灯台（九枝灯《きゅうしとう》＝燭台）に灯をともし、更に、几帳《きちょう》には五色の帳《とばり》と五色の糸（紅葉《もみじ》の帳）をかけ、二星の星合いを祀る。何と雅なことだろう。ここで言う「庭の立琴」も「紅葉の帳」も、現代の歳時記には、れっきとした季語として残っている。

星合いの伝説が日本に伝わったのは、先にも書いたように天平勝宝七年とされているが、これよりも五十年早く、それも歌人の山上憶良《やまのうえおくら》が伝えている、とする文献が私の手許にある。

ここからは少々私事になるが、学生のころ中国文化に通暁している評論家、高木健夫氏の、通いの書生をしていた。そのころ高木氏の書いた一冊に『生きている文化史――日中交流の昔と今』（内田老鶴圃）がある。この本の扉には、「榎本好宏雅兄」の為書きと共に、「秋風や五星紅旗ははたと招くがごとし新しき友を」の自作の歌が書かれてある。

その中の一章に「七夕の輸入元」がある。「輸入元」とは穏やかでないが、新聞記者出身らしい、一種照れの物言いなのだろう。

憶良が遣唐使節団の一員に加えられたのは大宝元（七〇一）年で、遣唐使は民部尚書、遣唐執節使は粟田真人《あわたのまひと》らで、三十六年ぶりの派遣だった。遣唐使節団は、普通は二隻から四隻に四百数十人が乗り、難波（大坂）の港を出発、九州の平戸で飲料水等を補給して、玄海灘に乗り出すのだが、この一行は何度かの嵐に遭って引き返している。

そして、一年後の六月に再度日本を出、則天武后が君臨する長安二（七〇二）年に、塩城に上陸している。塩城とは、中国華東地方のイエンチョンのことである。名の通り古くから塩の集散地で知られた。

則天武后は一行を歓迎、ことに遣唐執節使の粟田には「司膳卿」なる名誉ある官位を授けた。憶良も文華の都、長安に留まり、多くの学問を究めた。在唐は二年、慶雲元（七〇四）年に帰国している。

この在唐時代の功が評価され、伯耆守《ほうきのかみ》に任じられ、東宮にも侍し、正六位から従五位下に昇格している。

唐から帰ってから憶良は、盛んに歌の会を催し、七夕の歌を数多く作るようになっている。そんな中から高木氏は

天の川相むき立ちて吾が恋ひし君来ますなり紐《ひも》解《と》け設《ま》けな

を挙げ、大変なエロチックな歌だが、新文化を輸入した新帰朝者の面目躍如と言う。また

彦星は織女（たなばたつめ）と　天地の別れし時ゆ　いなうしろ　河に向き立ち　思ふそら　安からなくに　嘆くそら　安からなくに　青浪に望は絶えぬ　白雲に涙を尽きぬ……

の長歌も紹介している。

制度として七夕が宮中に伝わったのは、その五十年後かも知れないが、憶良の見聞や歌を通じて、日本人は、七夕にまつわる文化を既に手にしていたことになろうか。

棚機《たなばた》つ女《め》信仰とは

七夕と書いて「たなばた」と読む理由は、日本古来からあった棚機《たなばた》つ女《め》（棚機津女とも）信仰と習合したものである――と、前章の「山上憶良が伝えた七夕」に触れたが、この章では、その棚機つ女について、もう少し詳しく書く。

棚機つ女の名の通り、七月七日のこの日は、人里離れた水辺の機屋に籠り、そこに神を迎えて禊《みそぎ》を行い、穢《けが》れを払うのが、わが国固有の棚機つ女信仰だった。

お盆と一口に呼んでいる盂蘭盆会は、今でこそ七月の十三～十五日までの三日間だが、かつては、新月の七月一日から、満月の十五日までだった。少々俳句に詳しい方なら、盂蘭盆会の傍題季語に「釜蓋朔日《かまぶたついたち》」なる季語のあることをご存知だろう。朔日の言葉通り、お盆の初日なのである。

「釜蓋」とは、地獄の釜の蓋のことだから、亡者がこの日に解放され、現世に出てくることになっている。その朔日に、茄子畑に入って土に耳を当てると、地獄の釜の蓋の開く音や、精霊の叫び声まで聞こえるので、この日に畑に入ることを忌み嫌った。

「釜蓋朔日」の呼び方は、現在でも関東一円に残っているが、その群馬や栃木と接する福島の奥会津では、これを「泣きの朔日」と呼んでいる。亡者の泣き声かどうかは知らないが、農村ではこの日、餅をついて仕事を休む。奥会津での神事は正月に集中するが、仏事の方は、旧七月のお盆の月に多く、そのことが「泣きの」につながっているとも言える。

話を元に戻すが、棚機つ女とは、水辺で機を織りながら、水神の訪れを待つ乙女で、この乙女と水神の聖婚をモチーフとする古代祭儀であったとされる。これは折口信夫説でもある。南四国には、六日の晩に、結婚する前の娘たちが宿に集まって夜を明かすことを、「織り明かし」と呼んでいるが、これなども棚機つ女信仰を下敷きにしていよう。

七夕の日には水に関する伝承が極めて多く、それらが、現在の歳時記にも引きつがれている。その代表的なものが、「髪洗う」かも知れない。今の大方の歳時記では、「夏は、汗と埃で髪が汚れがちだから、ひんぱんに髪を洗う」程度の季語解説だけで、祖霊を迎えるためのお盆の禊に触れられていない。近世の遊里でも髪洗い日が特定されていて、特に吉原では、七月十三日をその日に特定していたようである。

終戦後、鉄の管を地面に打ち込んで、地下水を汲み揚げるポンプ式井戸が普及したが、周囲にはまだ掘り抜き井戸が大分残っていて、この井戸の底にたまった枯れ葉や土を取り除く「晒井《さらしい》」も七夕の行事の一つだった。井戸浚《さら》いなどとも言う。釣瓶《つるべ》井戸とも呼んだこの井戸は水が冷たい上に、野菜や果物を冷やすため、笊《ざる》を水面すれすれまで下ろして使った。

七夕の折に、笹竹に吊るのは、現在では短冊だが、かつては梶の葉を使った。『後拾遺《ごしゅうい》和歌集《わかしゅう》』に詠われた、「天の川と渡る舟の楫《かじ》の葉に思ふことをも書きつくるかな」の「楫」を「梶」に言い替えたものと言われている。この夜、七枚の梶の葉に歌を書いて星に手向けた。これに使う梶の葉売りが、笹竹売りと同様に、江戸市中に現れた。

梶の葉に和歌を書くための硯水《けんすい》には、芋の葉にたまった露を使った。ということから、「芋の露」も七夕にまつわる季語の一つである。当然のことながら、これに使う硯も前日の六日に洗うことになっているから「硯洗い」も季語ということになる。今の歳時記からまったく姿を消したが、「机洗う」もかつての季語だった。

俳人でもあまり知らないものに「洗車雨《せんしゃう》」がある。今風に読めば、埃で汚れた自動車を、夕立が洗い流した、の意に取られそうだが、この雨も七夕にちなんだもので、前日の六日に降る雨のことを言う。ついでながら書くと、当の七日に降る雨は「洒涙雨《さいるいう》」と言うことになる。再会した牽牛《けんぎゅう》と織女の別れを悲しむ雨のことである。

ご覧のように、七夕にちなんだ風習に水や雨が多く登場するのも、この行事が水神の祭儀であったこととつながっている。

天の川にかかった鵲《かささぎ》の橋

七夕にまつわる季語は歳時記に数多く登載されているが、中でも案外知られていないのが、「鵲《かささぎ》の橋」かも知れない。牽牛《けんぎゅう》と織女が七月七日、天の川をはさんで年に一度出会う話は知られているが、この出会いに手を貸したのが鵲である、という伝説から来ている。

中国の故事に基づく季語で、天の川の上に、鵲が羽を並べて橋をしつらえ、その橋の上を渡って牽牛、織女が再会するという美談とされている。それがため、この時節の鵲の首の羽が抜け落ちているのだということになっている。現代風に、その季節は鳥の羽が抜けかわるからなどと言ってしまえば、味も素っ気もなくなってしまう。

この鵲、一説には、秀吉が朝鮮へ出兵した折に持ち帰ったとされ、九州の一部にだけ生息し、高麗鴉《こうらいがらす》、朝鮮鴉などとも呼ばれている。中でも生息数の多い佐賀県では、県の天然記念物にも指定されている。

私事で恐縮だが、数年前、佐賀県に隣接する長崎県に行った折、友人に「是非、鵲を見たい」と伝えると、「この辺のどこにでも居るよ」と言ってはくれたが、ついぞ目にするどころか、声さえも聴けなかった。この鵲、電柱などに巣を掛ける習性があるので、電力会社の社員が、すぐに巣を取り除くのだ、ともこの友人は話してくれた。

「鵲の橋」の故事のもとになった中国では、この鳥の鳴き声が、よきことの前兆とみなされ、あまり見慣れない鵲喜《じゃっき》の名で呼ばれている。秀吉が持ち帰ったとされる朝鮮でも、「鵲の橋」の伝説が早くから伝わっていたらしく、その七月七日に、家の近くで鵲を見つけると、「この怠け者」と言いながら追い回す風習が残っていたという。

「かささぎ」の語源にも諸説があって、新井白石は、「かさ」は「かささぎ」の朝鮮の古名であり、「さぎ」は騒がしい鳥の鳴き声からきているとしていて、一応もっともらしい。

また『大言海』（大槻文彦）の解釈は、朝鮮の古名「かさ」または「かし」（現在は「かあち」）までは白石説と同じだが、漢名と朝鮮名の合わさったものとしている。

さて日本の「鵲の橋」だが、古い文献にも、既に「烏鵲《うじゃく》（鵲の別称）河に塡《み》ちて橋を成し以《もっ》て織女を度《わた》す」と書かれてあり、詩歌の中にも「鵲の雲の梯《かけはし》」とか、「鵲の行合《ゆきあい》の橋」「鵲の寄羽《よりは》の橋」「鵲の渡せる橋」などと出てくるくらいだから、かなり一般化した話でもあったのだろう。

そこでまた私の知恵袋『和漢三才図会《わかんさんさいずえ》』のご厄介になる。そこには中国の文献『本草綱目《ほんぞうこうもく》』（李時珍）から多くが引かれて鵲が紹介されている。一つは「音に感応して孕《はら》み、卵を視《み》まもって孚化《かえ》す」とある。不思議な鳥である。また巣の作り方については「鵲には隠巣がある。木は梁《はり》のようで鷙鳥《たか》に見つけられないようになっている」としながらも、仮にこの巣を人が見付けるとすれば、富貴になるというから、幸いをもたらす鳥でもあった。

また、鵲が朝鮮から正式に譲られた話も書かれてある。『日本書紀』の推古天皇六（五九八）年というから、もう千四百年も前のころだが、新羅《しらぎ》国から鵲二羽が献上され、それを難波の杜《もり》で育てた。その鵲が枝に巣をつくり子を産んだのだとする。朝鮮出兵から秀吉が持ち帰ったとする鵲とは別に、この鵲の子も、細々と日本で命を永らえていたのかも知れない。もう一つ「近頃、中華からやってきたものも偶々《たまたま》みる」ともある。

そんないきさつもあったせいか、平安前期の私撰集『新撰和歌集』（紀貫之撰）にも、「たなばたのあまの河せのはしをしもなどかささぎのわたしそめけん」と、「鵲の橋」を素材にした歌が五首も入集している。

平安時代の『栄花物語』にも、「暮をまつ雲井のほどもおぼつかなふみ見まほしきかささきのはし」が入っており、この「かささきのはし」も鵲の橋と思いきや、さにあらずである。こちらは禁中を天上に見立てた禁中の橋のことだから、少々ややこしくなる。

韓国で鵲が国鳥に指定されているように、朝鮮をはじめ東アジアの北部では、鵲は吉鳥とされてきた。烏の鳴き声が陰気なのに比べて、鵲の声は軽くてすがすがしいことに起因するのであろう。とくに朝鮮では、家のそばで鵲が鳴くと、親しい人がやって来る吉報だとして待たれもした。

その鵲もヨーロッパでは不吉な鳥とされてきた。キリストの死を悼むことを拒否した罪とか、「ノアの方舟《はこぶね》」に乗らず人間のおぼれる様子を嘲《あざけ》った罪などを着せて嫌った。この鵲が魔女や悪魔に奉仕するという俗信が、いまだに各地に残っているというから、驚きでもある。

佃島の盆踊りと信仰心

河竹黙阿弥作の世話物『三人吉三《さんにんきちざ》』の中の大川端の場に、「月もおぼろに白魚の、篝《かがり》もかすむ春の宵」なる台詞《せりふ》が出てくる。こううたわれたのは、大川の別名を持つ隅田川河口の佃島辺りで行われていた白魚漁のことである。

この佃島で毎年盆踊りが行われる。佃島と言っても今は、百メートル級のビルが立ち並ぶ住宅街だが、その島の極く狭い一角に、元祖の佃煮屋数軒と銭湯などがある広場があり、ここに盆踊りの櫓《やぐら》が立つ。

夕暮れから八時ごろまで、スピーカーから流れる盆踊り唄に合わせて、子供の踊りの輪ができるが、八時ごろになると、子供の輪は大人の輪に変わっていく。そして櫓には、盆踊り唄の名人、飯田恒雄さんが現れる。そのいでたちは、浴衣姿の左手にマイク、右手に桴《ばち》を持ち、太鼓を叩きながら歌い始める。伴奏は一切ない。

歌われる歌にはそれぞれ物語がある。例えば「秋の七草」なる唄の出だしを少し書けば

人も草木も盛りが花よ
心しぼまず勇んで踊れ
思い草なら信夫《しのぶ》ではやせ
まねくすすきに気もかかるかやを

と、薄や刈萱の草の名を折り込んでいく。

踊り念仏の流れを汲む佃島盆踊りは、とてつもなく緩やかなテンポで、どこか舟唄を思わせる哀調がある。そして、目の前の隅田川の土手が取り払われ、一面の葭原にいざなわれる錯覚を覚える。

盆踊りとはもともと、盂蘭盆会《うらぼんえ》にやって来る祖霊の歓待と鎮送のための踊りということになっている。例を引けば舞踊なる言葉もその意だと言う。「舞」は旋回運動を指し、つまり神迎えの意となる。続く「踊」は上下運動を基本にして神送りを指す。盆踊りは、この動作を組み合わせて成り立っている。

この七月十五日の盆踊りをもって、信仰心の篤い佃島の盂蘭盆会は終わる。

佃島の元漁民が、一体どこからやって来たのかにも触れなくてはならない。古い大坂の摂津国に、佃村の地名はあった。「佃」なる文字は田を耕すの意で、その土地を管理する人のことを指し、荘園などの領主の直営地を言った。摂津国の佃村もそんな土地だったのだろう。

洪水等で大坂城攻めに難儀していた徳川家康は、この佃村の漁民の助けを借りた。その恩に報いるべく家康は、佃村の漁民数十人を江戸に招き、鉄砲洲東側の砂州を与え、白魚漁の特権も与えた。

宝井其角の一句

白魚をふるひ寄せたる四つ手かな

は隅田川上流の浅草辺りで詠まれたから、当時は白魚が獲れていた。この白魚、毎年十一月から翌年三月中旬までが漁期だから、毎朝将軍家に納めていた。その漁の様子が、先にも触れた『三人吉三』の台詞の景である。

将軍家等に納めた残りの雑魚を濃い味で煮詰めたのが佃煮で、参勤交代で国に帰る武士達が、家苞《いえづと》として持ち帰ったため、全国的に知られるようになった。

その佃島の漁民は信仰心が篤く、古里から住吉神社を分祀したり、西本願寺の信徒でもあった。そんな折に起きたのが「振袖火事」である。施餓鬼《せがき》のために焼いた振袖が舞い上がって火事の原因となり、死者が十万八千人にも及んだ。明暦三（一六五七）年というから三百六十年余も前のことである。

佃島の人達の信仰していた西本願寺は、当時浜町にあった。思案した佃島の名主、忠兵衛は、佃島に近い海際の葭原を埋め立て、ここに西本願寺を移すべく奔走し、幕府の許可を得た上で、埋め立て工事にかかった。この土地は、その名の通り現在の築地となった。待望の西本願寺は、大火から二十三年後の延宝八（一六八〇）年に、この地に完成をみた。

信仰心の篤い佃の人達は、盂蘭盆会の折、河岸に提灯を連ね、単調な太鼓の音に合わせた盆踊り唄に踊り明かしたと、盆踊保存会の紀要には書かれてある。

はるかなるものを指しては踊るなり　　岡本　眸

は、そんな盆踊りの景を写し取っている。

この盆踊りを見に行った人が必ず目にするのが、隅田川の川辺にしつらえられた施餓鬼棚かも知れない。川で亡くなった人を祀ることを川施餓鬼と言い、海の場合は海施餓鬼と呼んでいる。佃島の例は前者であろう。盆踊りが行われている間中、この施餓鬼棚の前には、参拝の列が途切れない。

一つは、十万人余の死者が出た振袖火事の折、この隅田川には多くの人がはまって亡くなったことで、その霊をとむらう意味があった。もう一つは、終戦の年の三月十日の、下町を中心に空爆を受けた東京大空襲の死者へのとむらいである。

東京の建物の四分の一が破壊され、八万人以上が亡くなっている。下町が中心だから、多くの人が隅田川に飛び込み、川面が見えないほどだったともいう。もう戦死者の縁者は少なくなったが、この悲劇の悲惨の記憶は永劫に残る。佃島の施餓鬼棚の人の多さは、それなくして、とても考えられない。

豊凶の占いに相撲

江戸時代の頃の大相撲は、年に一度の十日間の興行だったから、「一年を十日で暮らすよい男」の言い方があった。別の資料には、二場所あったとし、「十日」を「二十日」とするものもある。いずれにしろ、年に六場所制の現代では、一年の四分の一に当たる九十日間を興行に当てるのだから、相撲取りも楽な仕事ではない。

その相撲だが、もともと神事と深い関係があった。今ではテレビで詳細に報じられているからお分かりだろうが、力士が土俵上に塩を撒く行為は清めであり、力士のまわしの前に垂らす「下がり」は、垂、四手と書いて「しで」のことで、神前に垂れ下げる意味を持っている。同じように、化粧回しにも注連を下げる。

力士最上位の横綱は、四手を垂らした白麻の太い綱を腰に巻いた。これなどは、地鎮祭の折、土地の四隅に笹竹を立てて張りめぐらす綱に由来している。もう一つ、力士が土俵上で、左右の足を交互に高く上げて行う四股《しこ》もまた神事なのである。

ここに書いた四股は当て字で、もともとは「醜」と書いて「しこ」と読んで、強く頑丈なことを言った。この言葉は差別語で書きにくいのだが、不美人をおとしめて言う醜女《しこめ》の方はどういう意味なのだろうと思う。ただこちらは、黄泉国《よみのくに》にいるとされる恐ろしく、みにくい女のことと、どの辞書にも書いてある。

話を元に戻すが、この醜は『古事記』の中にも「葦原醜男《あしはらしこお》」の名で出てくるが、これは葦原色許男神《あしはらのしこおのかみ》、つまり大国主命《おおくにぬしのみこと》のことである。この醜と呼ばれる足踏みは、悪霊や死者の荒魂を踏み鎮める呪術的なものであった。

ところで相撲なる言葉を、よくよく見ると、「相撲《あいなぐ》る」となるが、その辺の事情は『日本書紀』の垂仁天皇紀に出てくる。その主人公は当麻蹶速《たいまのけはや》と野見宿禰《のみのすくね》の名高い二人である。二人がとった相撲たるやすさまじい。「各足を挙げて相蹶《ふ》む。則ち当麻蹶速が肋骨を蹶み折《さく》。亦其《またその》腰を蹈み折きて殺《くじ》しつ」と、凄惨な場面が描かれている。つまり、相手を死に追いやるほどの強い足踏みに意味があった。

やがて相撲も呪力イコール体力という発想につながり、時代が下るに従い競技化されていく。しかも悪霊を鎮めるだけでなく、農作物の豊凶を占う年占《としうら》や雨乞い、地鎮などにも相撲が利用されるようになる。

こんな経緯を経て生まれたのが、宮中の相撲《すまい》の節会《せちえ》である。平安時代の中期から後期にかけて七月に年中行事として行われた。諸国の相撲人《すまいびと》の中から、最手《ほて》（または秀手）と呼ばれる最上位の力士が召し出され、東西に分かれ勝敗が決められ、その結果で豊凶を占った。

節会は七月二十八日だったが、その前からあったものは七月七日節に行われていた。先の『日本書紀』の当麻蹶速と野見宿禰の相撲も実は垂仁天皇七（紀元前二十三）年の七月七日に行われていた。この日は、中国伝来の牽牛《けんぎゅう》星と織女星の二つの星の恋ばかりが際立つが、この伝説と習合した日本古来の棚機《たなばた》つ女《め》信仰とかかわる日でもあった。

別章の「山上憶良が伝えた七夕」でも触れたが、機を織る婦人、機棚つ女が、この日は人里離れた水辺の機屋に籠り、そこに神を迎えて禊《みそぎ》を行い、穢《けが》れを払うという信仰である。その禊にもまた特別な意味があって盂蘭盆会《うらぼんえ》と結び付く。

お盆と一口に呼ばれるが、もともとは七月一日から十五日まで続いた。つまり新月から満月までの十五日間で、その第一日は釜蓋朔日《かまぶたついたち》と呼ばれ、この日に地獄の釜の蓋が開き、亡者が解放される日とされた。

その新月から満月までの真ん中の日の七日は、お盆のための禊の意味があった。そんな日だから歳時記にも、「髪洗う」とか「井戸替え」「硯《すずり》洗う」などの季語も残っている。古い歳時記には「机洗う」などもあり、相撲もこの禊と何らかの関わりがあったのだろうと思う。

本題の相撲だが、相撲の節会が終わると武家社会に移り、心身の鍛錬や実戦用の武術に変わっていく。そんな中で名高い取組が、源頼朝の前で、安元二（一一七六）年に行われた河津三郎と俣野五郎の対決である。今日でも相撲技の四十八手の一つとして残る「河津掛け」は、この対決の折に、河津三郎が仕掛けた技なのである。

悪いことにこの一戦が遺恨相撲となり、こともあろうに、後の曾我兄弟の仇討《あだう》ち物語にまで発展するのである。

秋の花々の命名譚

俳句を通じて花々との付き合いも永いから、そろそろ、どの花が咲くころだと念じていると、ほとんどその花の開花に出会えた。ところがこの数年、念じてもいないのに、その花の開花に突然出会うことが多くなってきた。こちらの老化なのか、花季が早くなったのか、のどちらかだろう。最近では、秋の花の代表、木槿《むくげ》、それも底紅が六月の末に咲き始めた。

というわけで、この稿は「秋の花々の命名譚」について書いてみる。「秋の七草」と言えば、その代表は萩ということになろうか。草冠《かんむり》に秋の字の単純な国訓だが、古くは、というより、『万葉集』の時代には、想像も及ばない芽や芽子と書いて「はぎ」と読ませていたというから驚く。とはいえ、この命名は先人が萩をよく見てきたからということになる。萩は毎年、古い株から芽が出るので「生え芽《はき》」が語源だと言われれば得心がいくだろう。よほど萩好きが歌人に多かったせいか、『万葉集』には、植物の中では最も多い百四十首が入集している。

同じ秋の七草の代表、女郎花《おみなえし》は、美人をたたえるにふさわしい花で、「立ち姿は女郎花の露重《つゆおもた》げなる」と言えば、美人を形容する常套句《じょうとうく》でもあった。同じ美人を言う「たてば芍《しゃく》薬坐《やくすわ》れば牡丹《ぼたん》、歩く姿は百合の花」の芍薬に相当する。

その辺が命名にも取り込まれている。「おみな」はもちろん若い女性のことだが、「へし」は「圧《へ》す」の名詞形だから、若い女性をも圧倒するの意になる。

その女郎花の仲間で、しかも生えている場所まで似ている男郎花《おとこえし》の方は、少々事情が違ってくる。この花の別名もまた変わっていて、敗醤《はいしょう》という。江戸時代の本草学者で、全国の薬草を採集した小野蘭山さえ、著書『本草綱目啓蒙《ほんぞうこうもくけいもう》』の中で、「皆短毛、臭気あり」と、どうも素っ気ない。

萩や女郎花のように、『万葉集』などに例歌もなく、歌人からそっぽを向かれた花が竜《りん》胆《どう》かも知れない。中国でのこの花の呼び名・竜胆の音読み「りゅうたん」が訛《なま》って「りんどう」になった。中国の名「りゅうたん」は、この竜胆の根を乾燥して作る健胃薬だった。

その苦さたるや、「熊胆《くまのい》」をはるかに超えて竜の胆《きも》に相当すると、中国人は考えた。日本で最初の漢和辞書『倭名類聚鈔《わみょうるいじゅうしょう》』には、和名として衣夜美久佐《えやみくさ》、爾加奈《にかな》の字が充ててあるが、後に笑止草《えやみぐさ》、苦菜《にがな》と表現され、意味が通じるようになった。ただ苦菜は分かるが、笑止草とは、笑いが止まるほど苦かった意だったのだろうか。

秋の名草《なぐさ》として親しまれてきたのに、秋の七草に入れてもらえなかった花に、「吾亦紅《われもこう》」がある。この三文字を見ていると、目立たない花だけに、「吾も亦《また》紅いんですよ」と、花が名のりでているように、私には思える。目立たない、質素な花だけに、命名者も、そんな思いだったのだろう。

そう言えば、吾亦紅の別の表記に、「我毛香《われもこう》」がある。こちらも、「我も香るんですよ」と呼びかけているように取れなくもない。漢名では地楡《ちゆ》と書くが、字義通り、葉が楡《にれ》の葉に似ていることに由来する。

秋の花として落とせないのが芙蓉《ふよう》かも知れない。この花の中には、左党にもうれしい「酔芙蓉」もある。半分八重の白色の花だが、午後になると淡紅色から紅色になり、その変わりざまゆえ「酔」の一字をもらった。

もともと芙蓉の意は、「大きい形（花）」にあって、中国の唐以前の時代は、蓮のことをこう呼んでいた。白居易も『長恨歌《ちょうごんか》』の中で、かの美女、楊貴妃を「面は芙蓉の如く、眉は柳に似る」とたとえた芙蓉も、実は蓮だった。だからと言って、楊貴妃の美人度が下がるわけではない。

その楊貴妃にちなんだ『源氏物語』の「桐壺」の巻の太液《たいえき》（中国の宮殿にあった池）の芙蓉もやはり蓮のことだった。だから唐以前の芙蓉は木《もく》芙蓉の名で呼ばれていた。

最後になったが、冒頭でも触れた木槿についても触れておきたい。

この花、朝開いて夕方には萎《しぼ》むので、人の世の栄華のはかなさになぞらえて、「槿花一日《きんかいちじつ》の栄《えい》」の言葉も生まれた。古い中国では、花どきの短さから「舜《しゅん》」と呼んだ。一方の朝鮮では国花とし、一つ一つの花は短命だが、咲く時期の長さをたたえ、「無窮花《ムグンファ》」と呼んで愛でた。そう言えば、朝鮮の名も、朝、鮮やかに咲く木槿に由来するとの説もある。そんな中、日本では平安朝まで朝顔と混同し、槿を「あさがお」と呼んでいた。

夜を徹して「風の盆」

俳人に人気のある吟行地の一つは、「風の盆」の行われる富山県婦負《ねい》郡八尾《やつお》町（現在は富山市）かもしれない。九月一日からわずか三日間しか行われない、その風の盆には、観光客が大挙して押しかけ賑わう。

宿も取りにくいから、多くの観光客は、祭りの途中にこの地を離れ、五十キロも先の宿に泊まることになる。逆に町内の旅館はこの三日間で一年分の収入を得るのだという。

その風の盆だが、あの哀調を帯びた胡弓と三味線、笛、太鼓に合わせた「おわら節」で、浴衣姿の老若男女が、三日三晩踊り続ける光景は、まさに「虚」の世界である。

風の盆のころは、暦の上で二百十日に当たる。この二百十日は早稲《わせ》の花の咲くころだから、台風などの強い風を嫌う。ついでに書けば、二百二十日は中稲《なかて》の花の咲くころに当たり、あまり知られていない二百三十日は晩稲《おくて》の花の咲く時節となる。それゆえ、怖い風をもたらす霊神を鎮め、豊作を祈願する行事と、盂蘭盆会《うらぼんえ》にやってきた祖霊を送る行事が習合したものと考えられる。
難しいことはともかく、風の盆の実景を見てみよう。旧制四高（現・金沢大学）出身の俳人、大野林火に、こんな一句がある。

日ぐれ待つ青き山河よ風の盆

そんな頃合いになると、街のあちこちから浴衣に編笠の女性と、黒の法被《はっぴ》に黒の股引《ももひき》姿の男性が現れ、三味線と、どこか物がなしい胡弓の音に合わせた踊りが始まる。
この風の盆、一昔前までは、本願寺三世の覚如《かくにょ》の弟子、覚淳《かくじゅん》開基と伝えられる聞名寺《もんみょうじ》の境内で行われていた。踊り手と観光客が増えた現在は、町流しのほかに、八尾小学校のグラウンドや、JRの八尾駅前などを踊りの舞台としている。日が暮れかかると、坂の多い街のあちこちの雪洞《ぼんぼり》に灯が入るころから踊りは始まる。ここで歌われるのが名調子「越中おわら節」で、こんな歌詞である。

うたわれよ　わしゃ囃す　来たる春風　エー氷が解けて〈キタサノサーアードッコイサノサッサ〉うれしや気ままに　オワラ開く梅　三千世界の松の木ア　枯れても

あんたと添わなきゃ娑婆《しゃば》へ出た甲斐がない〈キタサノサーア　ドッコイサノサッサ〉

といった文句になる。

この「越中おわら」にも、他の民謡などと同じように、成り立ちに諸説がある。そんな中でもっともらしいのが、「お笑い節」が訛《なま》ったとする説かも知れない。文化九（一八一二）年というと二百年も前のことだが、前年の凶作に引きかえ大豊作に恵まれた年というから、まさに「お笑い節」にかなう。

もう一つの説は、明治の初年に、八尾《やつお》に住まう江尻半兵衛なる美声の主が、藁《わら》の笠をかぶって歌い踊ったところから「大藁節」となったという説にも得心がいく。

ただ調べの系譜から見ると、北九州地方の「ハイヤ節」系の船唄が、神通川を遡《さかのぼ》りながら、糸繰り唄などの作業唄として、この八尾に定着したという説にも相づちが打てる。

少々話が前後するが、「風の盆」の起こりを書いた八尾町役場発行の栞《しおり》がある。そこには「元禄十五年に、八尾町の開祖米尾少兵衛の子孫が保管していた町建に関する重要秘文書の返済を得た喜びの祝として、三日間は歌・舞・音曲は言うに及ばずその他いかなる賑い事でも咎《とが》めないから、面白く町内練り廻れというおふれがでた」とまずある。

元禄十七年を西暦に直すと一七〇二年だから、二百十年前ということになる。更に栞の文章は続く。

「町は俗謡・浄瑠璃《じょうるり》・仁和加・仮装行列・滑稽《こっけい》芝居などを催し、三味線・胡弓・太鼓・尺八・鼓などの鳴物に和して昼夜の別なく町内を練り廻ったのに始まり、この祭日三日が盂蘭盆《うらぼん》三日に変り」と、ここまでは、現在の「風の盆」より派手な祭りであったようだ。しかし、その後に「やがて二百十日の厄日に豊穣《ほうじょう》を祈る風の盆に変った」とあり、やっと私達の見聞できる祭りになったことが分かる。二百十日のころ吹く風を、この地方の人々がいかに恐れていたかが、この一文からも察せられる。

鳴かないはずの「蚯蚓《みみず》鳴く」

秋の夜に耳を澄ますと、ジー、ジーと鳴く虫の声に出遭う。この声の主を古人は蚯蚓《みみず》だと思い込んで、「蚯蚓鳴く」なる季語を立ててしまった。しかし蚯蚓には鳴き声を出す器官がないので鳴くはずがない。しかし、その声の主が螻蛄《けら》だと分かってからも、この季語を取り消すどころか、俳人達は諧謔《かいぎゃく》味のある季語として、むしろ大事にしてきた。

それというのも、民間に伝わる説話としてこんな物語が残っていたからかも知れない。

蛇は昔、目を持たなかったが、それに代わりめっぽう歌が上手だった。そんな蛇のもとにある日蚯蚓がやって来て、歌を教えてくれるよう乞うた。蛇は、歌を教えることと引き換えに蚯蚓の目をもらった――こんな説話が、この季語の誕生にかかわっていそうだ。

そんな話が伝わると、嘘《うそ》のようだが、蚯蚓を煎《せん》じて飲むと声がよくなると思う人が大勢出てきた。これも嘘のような話だが、私が疎開した群馬のある町にもいたらしく、評判が評判を呼んで町中の噂になっていた。確か豆腐屋の娘だったか使用人が、その噂の主人公だった。

『和漢三才図会《わかんさんさいずえ》』と言えば江戸時代の図入り百科事典だが、これにも蚯蚓が鳴く話が書かれてある。いわく「四月始テ出ル。十一月ニ蟄結ス。雨フルトキハ先ヅ出デ、晴レバ則夜鳴ク。其鳴クコト長吟ス。故ニ歌女ト曰フ」と出てくる。単に鳴くだけでなく長鳴きするとまで書いている。文中の歌女は現代の歳時記にも、傍題季語として入集している。

一方、鳴き声の主《あるじ》とされる螻蛄の方については、「雄ナル者善ク鳴テ飛ブ。立夏ノ後、夜ニ至ツテ則チ鳴ク。其声蚯蚓ノ如シ」と書かれているから、あきれるばかりである。

そんなことを知りながらも

蚯蚓なくあたりへこごみあるきする　中村草田男

蚯蚓鳴く六《ろく》波《は》羅《ら》蜜《みつ》寺《じ》しんのやみ　川端茅舎

を読むと、一句一句の裏にひそむ「虚」が絶妙に面白い。

蚯蚓と間違えられた螻蛄の方だが、農作物の根を食い荒らす害虫で、どこか愛敬のある虫だから、この虫を相手に子供は遊んだ。私も自著『懐かしき子供の遊び歳時記』（飯塚書店）の中の一章に「ケラに尋ねたきこと」を書いている。

地中にいるだけに、土を掘るのに便利なのだろう、掌が真っ平である。子供達は「ケラ」と呼ばず「オケラ」と言った。虫の首根っこをつまむと、平たい掌を開いたり閉じたりするから、ここには書くには書けない知人や友人の性器の大きさを尋ねたりする。

古くは、実のない人のたとえとして「ケラ才《ざい》」と言った。その答えは、江戸中期の方言辞典『物類称呼《ぶつるいしょうこ》』（越山吾山編）の中に、こんな風に書かれてある。

「能《よく》飛べ共屋上に上る事あたはず　よくのぼれ共木をきはむる事あたはず　よくおよげども谷をわたる事あたはず　能く穴をうがてども身をおほふ事あたはず　よく走れども人

に先だつことあたはず」と。

螻蛄の話にこだわり過ぎたが、秋の季語の中にも、蚯蚓と螻蛄のような例がいくつかある。蓑虫《みのむし》も鳴かない虫の一つだが「蓑虫鳴く」の季語が立てられている。その原因は『枕草子』にあり、蓑虫を鬼の子、鬼の捨て子に見立て、「鬼の生みたりければ、親に似て、これもおそろしき心あらんとて」と書き、秋風の吹く頃戻ると言って親に捨てられた子（蓑虫）が「ちち（父）よ、ちち」と鳴くのだとする。

先にも触れた螻蛄だが、季語の「地虫鳴く」の代役も務める。地虫とは地中に棲む金亀《こがね》虫《むし》や斑猫《はんみょう》、鍬形虫《くわがたむし》などの幼虫のことだが、これら幼虫にも発声器官がないので、声の主は螻蛄ということになっている。

ここまでは秋の虫の声について書いてきたが、春にも、実際には鳴かない亀を鳴かせる「亀鳴く」の季語がある。その原因もまた、『夫木和歌抄《ふぼくわかしょう》』（藤原長清撰）の藤原為家《ためいえ》の歌、

川越のをちの田中の夕闇に何ぞときけば亀の鳴くなり

が、きっかけになっている。しかも、その鳴き声が、さながらお経を唱えているように聞こえたのだろう。「亀の看経《かんきん》」なる傍題季語も生まれた。

元来、亀はめでたい動物とされ、年号にも霊亀《れいき》、神亀《じんき》、宝亀《ほうき》と使われたくらいだから、その声を聞き届けようとしたに違いない。

出雲へ行けない留守神

陰暦の十月は、全国の八百万《やおよろず》の神々が出雲に集まり、未婚の男女の縁を決めることになっている。そのため陰暦の十月を神無月と呼ぶが、当の出雲では、全国からの神々で溢れかえっているので、ここでは逆に神在月《かみありづき》と呼ぶことになっている。

と、ここまでは誰でも知っている神無月の語源説だが、他にいくつかの異説もある。その一つが雷無月《かみなしづき》説かも知れない。六月の水無月《みなづき》の異称は雷鳴月《みなづき》で、この雷のお陰で稲作は助けられたが、あれほど賑やかだった雷も鳴りをひそめるころ故に、雷無月と相成る。

左党にとってうれしいのは醸成月《かもなしづき》説かも知れない。かつては新米が収穫できると、すぐに酒の醸造にかかり、秋の末には新酒「新走り《あらばしり》」が出来た。酒好きの私などは、こちらの語源説に軍配を挙げたい思いが強い。

のっけから話の筋が横道にそれたが、この稿のテーマは、八百万の神とともに、出雲へ行きたくとも行けない留守神のことを書かなくてはならない。

そんな留守神の代表と言えば、火伏せの神かも知れない。その中でも中央神的な格をもつのは、浜松市に在り、十二月の秋葉山の火祭りとして名高い秋葉神社の神である。もう一つは、京都市の愛宕山上にある愛宕神社が知られる。もともとは、平安京の鎮護の神として祀られたが、奥社と若宮に火の神が置かれ、火伏せのお守りを出す。その防火の神として、全国八百余の愛宕社の根本社でもあるから、うかつにも、出雲へは出掛けられない。

近世に入ると、戸隠信仰の霊験の一つに火除けが含まれ、近くで火災が起きても、戸隠の札を前にして祈念すれば免れると言われるようになった。

こうした神は、火伏せの神であると共に、家族の守護神であり、加えて農作物の豊穣を約束する作神《さくがみ》でもあるから、出雲に出掛けることは適わず、留守を預かることになる。

もう一つの留守神の代表に道祖神を挙げよう。この神は塞《さえ》の神、道陸神《どうろくじん》などとも呼ばれ、境の神の総称でもある。大方が村の境界に置かれ、外部から侵入してくる邪霊や悪鬼、疫病などをさえぎる大役を持っている。それゆえ片時も留守にできず、出雲行きなどは、もってのほか、ということになる。

そのご苦労を慰めるためなのか、伊豆地方には、十月十四日に、家々から団子を苞《つと》に入れて持ち寄り、道祖神に供える風習が今も残っている。

『古事記』のころから、その名を見掛ける神に「竈《かまど》の神」がある。この神の司る役割は、火伏せや火の守護役だけでなく、食物や農耕の神ともされてきたから忙しい神である。当然のことながら、留守神になる。お陰で、田植後は稲苗が、収穫後には稲の初穂が、小正月には予祝として餅花が供えられた。

また、子供や牛馬が生まれると竈神に参るように、家族や牛馬の守護神ともされ、家つきの神でもあった。

意外な留守神の代表と言えば、金毘羅《こんぴら》様かも知れない。こちらは特別なお家の事情を抱えている。その金毘羅様の祭日は、ちょうど神無月のさなかの十月十日で、当の神様達は讃岐の金刀比羅宮へ出掛けなくてはならない——というのが、留守神の表向きの理由である。

だが、もう一つ出雲に行けないおぞましい理由が、金毘羅様にはある。そのわけとは、この神のご神体が蛇体であることだった。蛇体の神は、大地の主の神であり、出雲大社も同じ神格の神だから、というところが、留守神たる本当のところである。これと同じ言い伝えは、信濃の諏訪神社や、武蔵府中の六所明神などにもある。

こう見渡してくると、私達の周囲には随分と留守神がいるものだが、この他にもまだ留守神はいる。ここでは紹介しきれないが、七福神の中の恵比寿、大黒、それに亥の子の神なども留守神だとされている。

こうした留守神に「家」の神が多いのは、田の神が山から田へ（春）、そして田から山へ（秋）往来する間に、「家」に招かれて重要な祭りを受けているからだとされる。つまるところ、「家」存続のために、居てもらわなければならない神々だからである。

駆け込み寺と榎《えのき》の効用

高校時代の国語の教師から、『徒然草』の中に、私の姓の「榎」を書いた一節があることを教わった。なるほど同書の第四十五段にそれはあった。

延暦寺の大僧正、良覚《りょうがく》は怒りっぽい人柄だったとまずある。その僧坊のかたわらに、大きな榎があったので、世間の人は榎木僧正《えのきのそうじょう》と呼んだ。この呼び名が気に食わないので、榎を伐り倒した。しかし切り株は残った。すると今度は切杭僧正《きりくいのそうじょう》の名がついた。いよいよ腹を立てた僧は、切り株を掘り出して捨てた。その跡は大きな堀となり、今度は堀池僧《ほりけのそう》正《じょう》の名がついた。

人の言うことをいちいち気にしてはならぬとした『イソップ物語』の、川に驢馬《ろば》を捨てた親子の話にどこか似ている。

こんな話をしながら友人に、私の姓に使われた榎の木を、側で見たことがないと告げると、この友人、早速近くの木から榎の実を届けてくれた。それは小指の先ほどの大きさの、黄赤色の実で、食べると甘いともいう。ついでに彼は、この木の皮を剝いで水か酒に漬けて飲むと、「無性に離婚をしたくなる」とも教えてくれた。

『徒然草』の話はともかく、榎は江戸時代には街道の一里塚の木として植えられた。その他、村境や橋のたもとにも植えられ、道祖神の宿り木とも言われる。

ことに江戸・板橋の一里塚にある榎は知られていた。ここでは特に縁切り榎とも呼ばれ、鎌倉の縁切り寺として知られる東慶寺に駆け込むより簡便だとして、もっぱら榎の皮が剝いで使われた。

古い文献にも、その神木は、中山道の板橋宿上宿の近藤信濃守の抱え屋敷のかたわらにあって、周囲は二丈ばかりという。その木の下に第六天（六欲天とも）と呼ばれる祠があったから、まさに神木なのである。更にこの文には、「世に男女の悪縁を離絶せんとするもの、この樹に祈りて験あらずといふことなし」とまで書いている。

そんな評判が行きわたっていたから、川柳子も

松ヶ岡今は榎ですますなり

と詠む。「松ヶ岡」とは、先に触れた縁切り寺、東慶寺のことである。

当時の離婚は、夫側から出される離縁状は受理されても、妻側から出すものは受け付けてもらえなかった。そんなところから、心底離縁を望む妻達は、止むに止まれず、縁切り的機能のあった駈込み寺に駆けこんだ。

その一つが、松ヶ岡の別称を持つ鎌倉の東慶寺であり、もう一つは、上野国《こうずけのくに》（群馬県）新田郡《にったごおり》の満徳寺であった。これらの寺で取られた形式には、寺法を表に立てた寺法離縁と、もう一つは、妻が寺に駆けこんだことに驚いた夫が、改めて離縁状を渡す内済（和解）離縁の二通りがあった。いずれも合法的離縁には違いない。私の友人の一人の

花冷えや読めぬ字のある離縁状　　松尾隆信

の句は、東慶寺の宝物館だかに残っているそれであろう。お陰で、江戸末期の百五十年の間に、両寺で二千人の妻達を救ったというから、大変な施しでもあった。

両寺は維新後も、明治三（一八七〇）年まで縁切寺法を存続させたが、徳川家の庇護のみに頼ってきた満徳寺は、翌々年廃寺になった。一方の東慶寺の方も、縁切り寺の制度維持を願い出ていたが、政府により願いが却下され、満徳寺より一年早く、この制度を終えている。維新後とはいえ、封建主義のまだ強いご時世、妻達はさぞや困ったに違いない。

もっぱら夫婦の離縁についてばかりに触れてきたが、霊木の榎にはまたいろんな信じられ方もある。離縁にかかわる木だから、逆にこれから夫婦になろうとする人には災いがあるとされ、嫁入りの際はこの木の下を絶対に通ってはいけないことになっていた。もう一つ、皇女和宮が十四代将軍家茂《いえもち》に降嫁した際も、板橋の榎を恐れて、中山道の板橋宿を避けて、日光街道から入城したことは知られた話である。

逆に榎の効用をよしとする話も多く残っている。この木には元旦に黄金の鳥が来るとする伝説があり、福榎と呼んで屋敷の北西に植える地方もある。また榎を小正月の餅花の木にしたり、豊橋市の神明宮では、榎で玉をこしらえた榎玉神事が行われる。

さらには、この木で作った房楊枝と絵馬をあげ、歯の病の祈願をしたり、榎の空洞にたまった水を霊眼水と呼んで、目に付けて眼病治癒の祈願までしている。

よく知られる話では「王子の狐火」がある。冬の夜、山野で焔がゆらめく現象を狐火と言う。中でも江戸の王子稲荷のそれは知られていて、毎年大晦日《おおつごもり》の晩に現れる。この稲荷の狐は近隣の狐の総元締めで、大晦日の晩に関八州の狐が、官位を決めるため、ここに集まって来る。そこがくだんの大榎の下なのである。こんな場面を思うと、山姥《やまんば》が刺した杖が成長して大榎になったという伝説にもつながってくる。

二百十日の頃の風祭

立春の日から数えていう二百十日は、野分、今で言う台風のやって来る時節だから、農家にとっては厄介な風である。それゆえ、歳時記では、二百二十日と合わせて「厄日」としている。二百十日は早稲の実るころだが、もう一つ、中稲《なかて》の実りのころを二百二十日として、季語に立てている。この他に、今の歳時記にはまったく登載のない、この手の季語に、晩稲《おくて》のころに吹く二百三十日もあった。こちらの消えた理由の一つに、二百三十日に、俳句で大事にする韻文の調べがないからだろう、と私などは思っている。

風少し鳴らして二百十日かな　尾崎紅葉

荒れもせで二百二十日のお百姓　高浜虚子

などの作品を見ると、「この程度の風でよかった」とする農家の安堵の思いが伝わってくる。

新宿から出た小田急電車が、小田原に着く一つ手前に「風祭」なる駅があるから、その意味を知っている俳句仲間の何人かは、その日の吟行で、風祭の名を詠み込んだ俳句を作る。

二百十日や二百二十日の傍題季語でもある風祭は、収穫前に吹く風を鎮め、豊作を祈るため催される祭りである。「風日待」「風鎮祭」などの呼び名もある。古いものでは、風の神でもある龍田姫と龍田彦を祀る奈良県三郷町にある龍田大社のそれが知られている。

当時野分と呼んだ台風だが、その襲来する月日を統計的に見ると、八月二十八日、九月十七日、九月二十六日の三日に集中するとする歳時記もある。もちろん、この月日は陽暦である。とくに二百十日は「八朔《はっさく》」のころと重なる。八朔とは陰暦八月一日の節日《せちにち》で、まだ稲の花が咲き終えたばかりの時節で、その稲を神に供え、この日を田の実の節供（または頼みの節供）と呼び、家の主が田圃へ出かけて作頼みをするなど、まさに頼みの節供と言えよう。またこの日は、ふだんお世話になっている人に物を贈る風習もある。

この八朔の行事、庶民のものとばかり思っていたらお上にもあった。徳川家康が初めて江戸城に入ったのは、天正十八（一五九〇）年の八月一日だった。ちょうど八朔の日である。それ以来毎年、八朔の日に大名や旗本が白帷子《かたびら》を着て登城、将軍に祝辞を述べることになった、と文献にはある。

閑話休題とする。先ほどの小田急の駅名の「風祭」を『古語大辞典』（中村幸彦、角川書店）に当たると、「相模国足柄下郡。東海道の村名。立場《たてば》となっている。箱根山の東側入り口」とあり、こんな歌が紹介されてある。

舟出せむみなと江ちかき里の名もげに白波のかざまつり哉

歌の出典は書いてないが、私の興味は、何気なく触れてある「立場」という言葉にあった。立場とは、詳しくは立場茶屋のことである。江戸時代のことだが、もともとは街道筋にあって、人足や駕籠《かご》などが途中で休息する立場（建場）のことだった。ところが、この立場がやがて茶屋となり、一膳飯を食べさせたり、酒肴《しゅこう》などを出すようになって、旅籠屋のように宿泊もできるようになった。

風祭の立場からは、富士山や箱根の山々が見渡せ、小田原の海も見晴らせたから、宿泊客も多かった。中には参勤交代の大名までもが利用するようになったという。

さて、話を元の風祭に戻すが、その祀り方もいろいろである。兵庫県一宮の伊和神社も風神を祀っており、その風神を『播磨国風土記』では、伊和大神と伝えている。このお宮では、二百十日の約一週間前の夕方から風鎮祭が行われ、境内に八百余りある土器《かわらけ》に油を注ぎ点火するのである。これは二百十日の傍題にある「前七日《なぬか》」の一種であろう。

古来朝廷の崇敬を受けてきた熊本県一の宮の阿蘇神社の風の祭りは、少々風変わりである。神殿の唐櫃《からびつ》の中に、丸い赤飯の握り飯を供え、次の祭りまでに壊れていたら風雨の害があるということになる。この握り飯には、粘り気があって日保ちのする糯米《もちごめ》の赤飯を使っているところが、ミソと言えばミソとも言える。

もっと積極的に風の神に立ち向かうところと言えば、長野県の諏訪大社のそれだろう。

ここでは風鎮めに薙鎌《なぎがま》（長い柄の付いた鎌）を立てた。もともと鎌には呪力があると信じられていて、同社では鎌を神幣として、風鎮めのため神輿に立てる。よほど大事な仕事なのだろう、同社には、風の祝《はふり》と称する神官をかつては置いた。

この諏訪大社に限らず、大風のとき、竿の先に鎌を縛り付け、風の吹いてくる方角に向けて立てると、風の神が恐れ、風が鎮まると伝えられ、この風習は広く全国に分布する。神社で使う用具に斎鎌《いむかま》なるものがある。これは神事を行う折に、けがれをはらい清めるため、境内の草木を刈るのに使うのだとされる。

鎌の持つ呪力は、他でも利用する。埋葬した墓の上に鎌を立てたり、吊ったりすると、魔除けや野獣除けになる信仰も、東日本一帯にある。風祭の話が少々脱線し過ぎたようである。

アイヌ伝説の柳葉魚《ししゃも》

柳葉魚と書いて「ししゃも」と読む。この語源については後述するが、左党にとっては待っていた秋の肴《さかな》である。九月ごろだったろうか、北海道の南岸にあたる苫小牧から釧路にかけての海沿いに、さながら簾《すだれ》を下げたように柳葉魚が干され、その写真が土地の新聞に載る。待っていた左党は、腹に卵を抱いている雌の方が旨いとか、いや、卵に脂《あぶら》をとられる雌より、雄の方が断然旨いなどと言い合いながら杯を交わした。

柳葉魚の産卵期は十月から十二月にかけてだという。北海道の南岸にはこの産卵にふさわしい川が何本も海に注いでいるので、秋のこの柳葉魚漁になるのだろう。

産卵に遡ってきた柳葉魚はおびただしい数で、産卵を終えた親魚はほとんどが海に下って死ぬ。この辺に命名のもとになったアイヌ伝説がある。その一つは、神の国の柳の葉が下界の川に誤って落ち、そのまま朽ちるのはかわいそうだとし、神がこの葉を魚に変えて地上に残した——というもの。もう一つのいわれは、何度も飢饉《ききん》に遭った人々を哀れんだ神が、柳の葉に食料の魂を入れて流したものが、まさしく柳葉魚であるとする説。どちらもいい話である。

苫小牧からほど近い南岸に、鵡川《むかわ》なる川が海に注いでいる。この川の名「ムカワ」は、アイヌ語の「ムカッペ」が変じたもので、その意味は、「川尻が絶えず移動するところ」だというから、治水が完全でない時代には、全国のどこにも見られた河口風景だったはずである。少し余談になるが、この鵡川辺りに伝わるアイヌの古式舞踊は、国の重要無形民俗文化財に指定されている。

昔から柳葉魚の漁で知られる鵡川のことは『魚と貝の事典』（望月賢二監修、柏書房）に詳しいので紹介する。その漁とは川に簗《やな》を掛け、魚の遡上を止めることから始まる。そこに溜まり始めた柳葉魚を丸木舟の中に掬い上げたが、最盛期には川の中を歩いても、足の裏が川底に触れないほどだったという。しかも一尾たりとも粗末にはしなかった。もう一点、神の魚を迎える漁だから、漁の間は川で洗濯をしたり、川に汚物を流すことは厳禁だった。獲れた柳葉魚は、この魚にふさわしい柳の枝や蓬《よもぎ》の茎に刺して、炉の上に下げて燻製《くんせい》にして貯蔵した。また、現在の鮭でもそうするように、凍らせて食べる「ルイベ」もまたあったようだ。

蝗《いなご》に化した斎藤実盛

江戸時代に四回あった飢饉《ききん》のうち、享保《きょうほう》の飢饉（一七三二年）は、近畿以西を襲った蝗《いなご》による被害だった。ここの主役は、蝗とも浮塵子《うんか》とも言われるが、当時の文献によると、一晩で数万石の稲を食い荒らしたとされ、餓死者が一万二千人も出た。

この飢饉から二百年以上も経っているというのに、私達の少年時代には、まだ田の害虫として蝗が存在していた。米軍の空襲で昭和十九年に私が疎開した群馬の片田舎でも、農家は蝗の害に悩まされていた。

そんな時代だから、実りの秋ともなると、子供達が蝗捕りに駆り出された。この蝗捕りと桑の木に付く尺蠖虫《しゃくとりむし》捕りは単純作業だから、小学校の低学年が動員された。中でも蝗は、稲が朝露におおわれている時刻、動きが鈍いから、早朝、田に集められる。

子供が用意するものは、捕った蝗を入れる袋である。まず手拭いを二つ折りして袋を作り、口もとに短い竹筒を取り付けた。手拭いの袋だけだと、蝗の脚先の「のぎ」と呼ぶギザギザが、布に引っかかって袋に入らないから、口もとに竹筒を付けるのである。

早朝に集められた子供達は、横一列に並んで田に入り、蝗を捕り始める。いくら朝露のころは動きが鈍いとはいえ、子供達の大声で蝗は飛び立つ。しかし機敏な子供にはかなわず、かなりの量の蝗が捕れた。

捕った蝗は、それぞれが自宅に持ち帰る。当時の貴重なたんぱく源だからである。まず一晩は袋の中に置いて脱糞《だっぷん》させ、翌日から調理にかかる。まず蝗を蒸すか、乾煎《からい》りしてから、喉《のど》に引っかかりやすい「のぎ」を取る。この「のぎ」取りは子供の役目だった。これをしょう油と砂糖をからめて、佃煮風に仕上げるのだが、戦中、戦後の砂糖のない時代だから、大方の家では、しょう油だけの仕上げとなる。

秋の行事に「虫送り」がある。言葉は優しいが蝗や浮塵子を体よく追い払う儀式でもある。虫害は、悪霊による仕業と古くから考えられていたから、全国にこの呪法が残っている。まず、虫の霊を藁《わら》人形などの形代《かたしろ》に移し、これを中心に据え、鉦《かね》や太鼓で囃《はや》しながら松明《たいまつ》をかざして田畑を巡り、村境まで送り出す。藁人形には苞《つと》に入れた食物を持たせたり、害虫を葉に包んで持たせたりもした。更に村境が川や海の場合は、これを焼いて流した。

虫送りは六月か七月の夜に行われることが多いが、決まって土用に行う地方もある。土用には、土用太郎（一日目）、土用次郎（二日目）、土用三郎（三日目）などの呼び名があるが、中でも土用三郎の日は農耕と結びつく日でもあった。この日が晴れれば豊作だが、雨が降ると凶作になるとの見立てもある。そんなところから、虫送りもこの日に行う所が多かった。

面白いことに、「虫送り」の傍題季語に「実盛《さねもり》送り」なるものもある。「実盛」とは、その名の通り、平安末期の武士、斎藤別当実盛のことである。保元の乱のあと平維盛に従って、北陸の戦で木曾義仲に討たれた人物だが、この折の逸話により、この季語が生まれた。

実盛は義仲軍と戦う際、運悪く稲株につまずいて転んだがために討たれた。その時実盛が吐いた言葉が、後にまで面白おかしく伝えられている。なかでももっともらしいのが、『平家物語』に伝わる文言であろうか。討ち死にの折、「無念やな、この稲株無くんば！われ、虫となって日本中の稲を食い尽さん」と言ったというのである。

もともと蝗は、稲の害虫であるがゆえに稲子と書いた。なのになぜ虫扁に「皇」の尊い文字をもらったのだろうと思う。突きつめていくと、かつては、同じ稲の害虫でもあるバッタと区別がつかなかったため、大群で集団移動するバッタの異称「飛蝗《ひこう》」の「蝗」をもらったのかと思えてくる。そういえば、同じトノサマバッタの類を漢字で書くと殿様飛蝗となるから、「皇」の字が使われても当然なのかも知れない。

終戦後の昭和二十年代の半ばころだったが、農家は強力な除虫剤ＤＤＴを使い始めた。とたんに田から蝗は消えたが、蛙はもちろんのこと田川からも、子供が獲ることを楽しみにしていた鯰《なまず》や鮎から蝲蛄《ざりがに》に至るまでが姿を消した。

あれから、どのくらいの時間が経ったろうか。五、六年前のことである。映画「寅さん」ゆかりの東京・柴又の佃屋の店先で、くだんの蝗に出逢えた。聞くところによれば、宮城県辺りで養殖された蝗だという。私にとっては、少々寂しい蝗との再会になった。

佐藤春夫の恋と秋刀魚

秋の庶民の味「サンマ」を、どうして「秋刀魚」と書くのか、日ごろ私は不思議に思っている。あまりにも表記が単純過ぎるからでもある。サンマの音は、一説によると「サマナ」の音便であると物の本には出てくる。「サン」は沢山の意で、「マ」は、まとまるとか、旨いの意になるから、なるほど、この魚のありようを言い当てている。その「サマナ」に文字を充てると狭真魚になるから、こちらも見事と言わざるを得ない。

くだんの秋刀魚と書く方は、秋の月夜にこの魚が揚がった印象が、刀のように美しく見えたことによるというが、少々でき過ぎの話でもある。

サンマの名は古典には見られず、やっと文献に出てくるのは江戸時代になってからで、それまでは姿の似ているサヨリと混称されていたらしい。その辺の事情を詳しく書くはずの『和漢三才図会《わかんさんさいずえ》』さえも、サンマの脂を灯油として使ったとか、塩漬けにしてサヨリの偽物として売られた——とむごい書き方をしている。

もう一つの文献『梅翁随筆』は詳しく書いている。この随筆、筆者未詳となっているが、「梅翁」は連歌師の西山宗因の別号だから、もしやとも思ったが、時代が少し違い過ぎる。この筆者の言うには、江戸の明和年間(一七六四~七二)のころまでは、サンマを食べる者はいなかったが、その直後の安永改元(一七七二)のころ、店先に「安くて長きはさんまなり」と大書した看板を掲げる魚屋が増え、庶民層が好んで食べるようになったとある。とは言え、上流階層の旗本などは口にしなかった。

そこに現れたのが、落語の「目黒のさんま」だったのかも知れない。この落語があるお陰で、現代の東京・目黒区では、「秋刀魚まつり」を開いている。「目黒のさんま」の話の筋を知らない方のために、この噺《はなし》を紹介する。その筋書きは、手許にある東大落語会編の増補『落語事典』(青蛙房)を使わせてもらう。こんな筋立てである。

ある大名が、家来を十二、三人連れて、秋の野駆けに中目黒に出かけた。昼どきになって腹がへったころ、百姓家で焼くサンマの匂いをかいで食べたくなり、百姓に焼いてもらい、五、六匹も食べた。

この資料では、「ある大名が百姓家で」となっているが、別の資料では、「将軍家光が鷹狩りの折、茶店で」となっている。まあ、噺の筋には関係ない。

サンマの味を忘れられなかった大名は、ある親戚の家に招かれた折、何か好みの料理をと言われ、かのサンマを注文した。親戚の家ではびっくりして、上等のサンマを取り寄せ、焼かずに蒸して脂を抜いて出した。案の定、殿様には旨くない。この後のやり取りが面白い。

「これはなんじゃ」「ご注文のサンマでございます」「ふうん、いずれから取りよせた」「日本橋魚河岸にございます」「あ、それでいかん。サンマは目黒にかぎる」。ここが下げになる。

サンマへの憧れと言えば、誰もが知っている佐藤春夫の詩「秋刀魚の歌」だろう。次の一節は多くが諳《そら》んじている詩である。

あはれ
秋かぜよ
情《こころ》あらば伝へてよ

男ありて
今日の夕餉にひとり
さんまを食ひて
思ひにふけると。

あはれ、人に捨てられんとする人妻と、
妻にそむかれたる男と食卓にむかへば、
愛うすき父を持ちし女の児は
小さき箸をあやつりなやみつつ
父ならぬ男にさんまの腸をくれむと言ふ
にあらずや。

佐藤春夫は外遊から帰り、親しくしている谷崎潤一郎を小田原に訪ねた。ところが谷崎は留守。その谷崎、横浜の大正活映のスタジオ通いのため横浜にも家を借り、こともあろうに妻千代の妹、おせいとそこで暮らし、小田原へは時々帰るだけだった。おせいとは、谷崎の『痴人の愛』のモデルである。

哀れにも留守宅には、千代と娘の鮎子が残されていた。春夫の義憤はやがて恋慕となり、この家で千代と春夫が過ごす日が多くなった。

春夫の「秋刀魚の歌」は、ここで生まれた。春夫の故郷の紀州では、焼いた秋刀魚に青い蜜柑の汁を絞って掛けるならわしがあって、春夫は千代にこの食べ方を教えた。やがて春夫と谷崎の間は更にからみ合って絶交する。これが世に言う「小田原事件」である。

新走りの出来る頃

今年収穫した米で作る酒を「新走り《あらばしり》」と呼び、大方の俳句作りは知っている。ところが、酒に仕立てる水は、腐りやすいと困るから寒の水に限るとされ、いまではほとんどが寒造りになっている。とは言うものの、歳時記通りに新走りを出してくれる酒蔵は今でもいくつかある。私の愛飲する新走りの一つは新潟の「菊水」であり、もう一つは岐阜の「千代菊」である。その「千代菊」だが、ご当地出身で、衆院議長も務めた大野伴睦がぞっこん惚れ込んだ酒でもあった。

この新走りが出来た合図として、かつてどこの酒蔵も、店先に「酒林《さかばやし》」を吊った。杉の青葉を束ね、玉状に刈り込んだものである。歳時記にも酒林の説明はあり、古い酒屋の店先には、名残りの枯れた酒林を吊るところもあるが、もう、かつての「新酒が出来ました」の合図ではない。

くだんの「千代菊」の十五代当主、坂倉又吉氏は、酒の研究家でも知られ、多くのエッセイを書き残している。その中の一冊『酒の古典語典』（東峰書院）に「酒林」のいわれも書かれてある。

まず、その語源には二説あって、一つは中国だという。かの地では酒屋の看板を「酒家望子《ぼうし》」と言い、その望子が訛《なま》って林になったのだろうとする新井白石の説である。もう一つは、「酒箒《さかぼうき》」が訛ったもので、これは『類聚名物考《るいじゅうめいぶつこう》』（山岡浚明編）なる文献に出ていることを教えてくれた。

では、なぜ杉の葉を使うのかにも、酒呑みは興味を持つ。三輪神社、正確には、奈良県桜井市にある大神《おおみわ》神社だが、このお宮は、背後にそびえる三輪山がご神体であることは知られている。また、酒神として酒造家の信奉の篤いことでも知られる。その神社の神杉は「三輪のしるしの杉」としても知られ、『万葉集』や『古今集』に詠まれており、この神杉が、かの酒林に用いられたのだろう、と坂倉氏は推測する。

新酒の出来を待つ思いは、いつの世も同じだった。ことに酒の産地が灘や伏見に限られていた江戸時代などは、西国を望見しながら、新酒の到来をひたすら待った。

そこに登場するのが、俗に弁才船《べざいせん》と呼ぶ千石船だった。帆走性能にすぐれたこの船、酒だけでなく、当時、大消費地、江戸に少なかった塩や綿などを大坂から運んだ。ことに塩は、江戸に近い行徳で作られる量はわずか四万石だったから、八十万石を弁才船と呼ぶ塩廻船が江戸に運んだ。

くだんの新酒を運ぶ様子だが、加藤貞仁著の『海の総合商社　北前船』(無明舎出版)に詳しく書かれてある。当時、京都から江戸まで東海道を歩くと、二十日以上はかかった。船でも大坂—江戸間を、早くて十日も要した。

この船のスピードが一挙に速まったのは、大坂の廻船問屋が、大坂の安治川河口から、浦賀に到着するまでの順位を競わせたからだという。一着には船頭に賞金を出し、翌年の荷積みの優先権が与えられもした。レースは普通五日前後かかったが、最速船は二日で到達した。新酒を運ぶ大坂と西宮の樽廻船問屋十四軒も船一隻ずつを仕立て、西宮—江戸間で競うことになる。

新酒の出来るころと言えば、そろそろ冬の気配の風の吹くころ。

風に名のついて吹くより新酒かな

と詠んだ園女《そのめ》の一句も、そんな季節を言い当てている。

灘の新酒を競って船で

陰暦の十月のことを神無月と呼ぶが、今の陽暦に直すと十一月の頃だから、北国では初霜が降り、初雪の便りも聞かれる時節でもある。この月は、日本全国の八百万神《やおよろずのかみ》が出雲に集まるため、出雲以外の国では神が不在になるので神無月とか神去月《かみさりづき》と呼ぶが、当の出雲だけは神在月《かみありづき》と呼んでいる。

その神無月の呼び名の語源には諸説あるが、そんな中の一つが左党にうれしい「醸成《かもなし》月《づき》」説かも知れない。今でこそ、新種の改良で、田を植える季節も田を刈る季節も、昔より一月ほど早くなったが、かつては神無月のころに稲の収穫は行われていた。

新米が穫れると、すぐに酒の醸造が始まり、秋の末には新酒が出来上がった。歳時記ではこの新酒を「新走り《あらばしり》」と呼び、左党は待っていた。当の酒蔵では、さっそく杉の葉を球形に束ねた酒林《さかばやし》なる代物を軒に吊り、新酒売り出しの合図とした。

現在でも、秋の新米で酒を造る蔵も多くあるが、多くは年が明け寒に入ってから造るところが多くなった。その理由は、寒の水を使うと腐りにくいというところにあるらしい。この先は、前章の「新走りの出来る頃」と重複するが、かつての新酒のできる季節を振り返ってみる。

今でこそ酒の産地は全国のどこにでもあるが、江戸時代のころには、灘五郷《なだごごう》など極く限られた酒に限られていた。ここで言う灘五郷は灘の辺りからきた呼び名なのだろう、灘目《なだめ》とも呼ばれ、摂津国（現在の大阪府西部と兵庫県南東部）の沿岸地帯の総称で、酒の醸造業の盛んな地域の通称でもあった。ただし現在言われている灘五郷の組み合わせは、当時のものと大分違ってはいる。

こうした灘や京都の伏見などの新走りの到来を、首を長くして待ったのが、江戸の左党だった。運ぶのは、陸路より海路の方が速く、しかも遅い北前船ではなく、弁才船《べざいせん》（弁財船）が現れてからは一層速くなった。

この船は、弁才造りといって、船首などは一本の長大な材ででき、一本水押《みおし》（船首先端にある波を切る部材）で、三階造りでの豪華船でもある。船には千石の米を積めるところから千石船の俗称も生まれた。

航行も、江戸初期の廻船では、帆走能力が低い上に、天候が急変して嵐にでもなれば、最寄りの港に逃げ込むしかなかった。ところが弁才船の方は、ヨットと同じように、逆風を斜めから帆に受けるよう操船し、ジグザグに進めばよかった。

私の手許にある『海の総合商社　北前船』によると、大坂から大消費地江戸まで荷を運ぶ船は、延宝元（一六七三）年のころの廻船では、早くて十日、平均で二十日から四十日を要したという。そのころから百六十年ほど経った天保のころともなると、格段に船足は速くなり、遅い船でも六日弱、平均で十二日で済んだ。参考までに付記すると、当時の京都から江戸まで、東海道を歩いたら二十日以上かかったから、船便は重宝された。

当時の江戸での塩の年間使用量は八十万石と言われたが、江戸近辺の行徳で生産する塩は、二十分の一の四万石だったから、船便の速度上げは助かったはずである。

ここでやっと本題の酒の話になる。大坂と江戸間の海運を取り仕切る菱垣《ひがき》廻船問屋では、毎年秋に収穫される新綿と新酒を、大坂から江戸へ運ぶのは年一回のレースだった。廻船問屋が船一隻ずつを仕立て、安治川（旧淀川の分流の一つ）河口を出帆し、浦賀（三浦半島の東端）に到着するまでの順位を競わせた。レースに勝った船頭たちには賞金が出るとともに、翌年の荷積みの優先権が与えられた。

もちろん新酒番船もレースに加わり、大坂と西宮の樽廻船問屋十四軒が一隻ずつ船を仕立てて競い、最速船は四十八時間で到着したというから、江戸の酒好きには、たまらないレースだったはずである。十一月と言えば、そろそろ冬の風が吹く季節である。

冬

七と五と三は聖数

古い行事がどんどん消えていく中で、十一月十五日に行われる七五三は、残された行事の数少ないものの一つかも知れない。この日ばかりは、着飾った女の子や男の子の姿が、どこのお宮さんにも見られる。

この七五三の祝いだが、三歳の男女の「髪置き」の祝いと、五歳の男の子の「袴着《はかまぎ》」の祝い、それに七歳の女の子の「帯解《おびと》き」の祝いが一緒になったことは、大方の人が知っているが、それらの祝いにどんな意味があるかというと、そのことは案外知られていない。

まず、髪置きだが、子供が髪を伸ばし始める儀式で、髪を丸く結って、その周りを削《そ》り落とした。少し余談になるが、戦時中私が疎開していた群馬県の太田市の大光院は呑竜《どんりゅう》の名で知られていた。江戸初期の浄土宗の僧、呑竜が開いたので呑竜と呼ぶ。

当時のこの辺りは堕胎《だたい》の風潮が強く、これを嘆いた呑竜が赤子を育てたところから、「子育て呑竜」と土地の人から呼ばれるようになった。その名の通り子供を丸坊主にして、父親が背負って参拝していた。その坊主頭を「呑竜坊主」と皆が呼んでもいた。

三歳の髪置きだが、赤子から子供になる祝いで、ところによっては櫛置《くしお》きの名で呼ばれている。このお祝いには、古くから下駄や雪駄《せった》、足袋などが縁者から贈られた。

次の五歳の男の子の袴着は着袴《ちゃっこ》とも言い、嬰児《えいじ》から幼児への成長の祝いということになる。古くは三歳の折の行事だったが、近世の頃から五歳の吉日を選んで行われるようになった。

その儀式がまた振るっている。父親または親族の顕職（身分のある者）が、袴の紐《ひも》を結ぶ。武家のそれはもっと格式ばっていて、五歳の子を恵方の方角に向けて碁盤の上に立たせ、麻の上下を着せ、左の足から順に袴を穿《は》かせた。この男の子に、御祝差《おいわいざし》と呼ぶ二本の刀を差させ、産土神に詣でた後、祝いの宴が持たれた。

この着袴とは別に、五、六歳で「かみそぎ」とか「深曾木《ふかそぎ》」と呼ぶ儀式も行われ、髪が豊かに生えることを願って、髪の毛先を切り揃えた。

最後の七歳の女子の帯解きの方は、子供が初めて帯をする儀式で、それまでの付け紐を取るところから、紐直しとか紐解き、帯直しなどの名で呼ばれている。

七五三に使われた七と五と三についても特別な意味がある。もともと古い中国では、偶数より奇数を尊んでいた。そんな中でも、七と五と三を聖数として、特別に扱われてきている。この三つの数字を組み合わせて、注連縄《しめなわ》を七五三縄《しめなわ》と表記するのもその一つである。また、三と五は、同類のすぐれたものをまとめて呼ぶ名数でもある。例えば三光（日、月、星）もそうだし、三筆と言えば三人のすぐれた書家、日本では平安時代の嵯峨天皇、橘逸勢《たちばなのはやなり》、空海の三人を指す。また五行と言えば、天地の間に広がり、巡り動いている五つの元素を指し、五倫には、人の守るべき五つの道の意がある。

最後になったが、七五三がなぜ十一月に行われるようになったのかにも触れなくてはなるまい。それには、陰暦の十一月に行われる霜月祭《しもつきまつり》が大いにかかわってくる。この祭りは一口で言えば稲の収穫祭なのである。宮中では新嘗祭《にいなめさい》が行われ、各地の神社では霜月神楽が奉納され、農家では稲の収穫祭が行われた。

地方により期日はまちまちだが、北九州では霜月の丑《うし》の日を「丑の日どん」と言って、稲束を臼の上に載せて田の神として供物を上げた。

関東から東北にかけては、二十三日か二十四日が霜月祭で、身分の高い大師と呼ばれる旅人がこれらの地を訪れている。この大師は片脚が悪く、吹雪の日に雪の上に大小の足跡を残すという。それゆえ、この日に作る小豆粥《あずきがゆ》を「大師粥」とか「霜月粥」と呼んでいる。

米の収穫から霜月まで一月ほど間があるが、これは、この間が物忌《ものいみ》の期間だったからとされる。その霜月祭は、一年の締めくくりであるとともに、年間の穢《けが》れを払って、新しい年を迎える再生の祭りと考えられていた。七五三を霜月祭の中の一つに据えたのも、そんな意味があったのだろう。

足袋の寸法と一文銭

いつものことながら、不意に古いことが思い出されて、独り微苦笑を催すことがあるが、古稀を過ぎてからも、心なしかその頻度が多くなっているような気がする。

先日も出掛けに靴下を履こうとしたところ、思いがけず靴下の爪先が破れた。途端に、子供のころから母に言われ続けた「十一文甲高」なる言葉が突然やってきた。十一文なる足のサイズも大きいが、甲高、つまり足の甲が高いのは、もっと軽蔑《けいべつ》されるべき足の格好の悪さだったのである。

それというのも、戦中、戦後に少年期を迎えたころは、普段の履物と言えば、誰もが下駄履きだった。冬になっても、今のように福助足袋といった既製品のない時代だったから、どこのお宅も足袋は母親の手作りだった。一冬に七、八足履き潰す少年期だから、私を頭に三人兄弟の我が家の母の作業は大変なものだった。

尺貫法が廃止（昭和三十四年＝一九五九年）されてから随分とたつから、足袋や靴の寸法を言う「文」（この言葉さえ死語化している）についても触れておかなくてはなるまい。

少々意外かも知れないが、この「文」は貨幣のサイズから来ている。一文銭と呼ぶ銅で造った穴あき銭は、貨幣の中でも一番価値の低いものだった。この一文銭が千枚で一貫文で、私ども世代が最低限知っている一銭の単位も、この一文銭の十倍の価値があった。所持金をまったく持たないことを「文なし」とか「一文無し」と呼んでいるが、文とはそれほど貨幣価値が低いものだった。

その文が、なぜ足袋や靴の寸法に使われたかは案外知られていない。この穴あきの一文銭、結構大きくて、直径が二・四センチあったというのである。これを足袋や靴の底の長さに当てはめた。私達の世代は、頭に被る物や貨幣を足蹴《あしげ》にすると、親からきつく叱られもしたが、この文の単位には、少々驚きである。

前にも引いた大足の例、「十一文甲高」の十一文を、今のセンチに直すと二十六・四センチとなるから、現代の若い男性のサイズからすれば、さほど大きくはない。

所持金を持たないことを「文なし」というと先にも書いたが、古くは大足中の大足でもある十二文以上のサイズにも、この「文なし」を使った。もう論外の大きさだという意なのだろう。

大足の男性に対して、女性の小さい足は、美人として評価された。それを、私の母の口癖を借りて言えば、「九文の足袋を履く女」がそれである。九文は「きゅうもん」と呼ばずに、「ここのもん」といい、今で言うサイズは二十一・六センチ、確かに小足である。

最近のことだが、井原西鶴の「好色」ものを読んでいて、同じようなことが書かれていることに驚いた。『好色一代男』は、主人公世之介の七歳から六十歳までの、好色の見聞体験だが、この世之介には遺児、世伝《よでん》がいた。

この世伝なる人物も、父譲りの色道の秘伝にたけ、多くの遊女と関係を結んだ末、大往生を遂げる。これが『好色二代男』、正確には『諸艶大鑑《しょえんおおかがみ》』に書かれる。

くだんの足の大きさについてだが、ここには「美人両足は、八文七分に定まれり」と出てくる。これを現代のサイズに直すと、二十・八センチと極めて小さい。八文七分の読み方もまた「やもんななぶ」と優しい。

もともと足袋は革（皮）で作られていたので、単皮《たび》と書かれていた。武家社会では、足袋の着用の規則がうるさかった。履く期間にも制限があり、十月一日から二月二十日までだった。この制限月は陰暦だから、陽暦ではもう少し後になる。

その足袋を履く年齢も制限され、五十歳以上とされ、仮に病人や若い人が履く場合は、「足袋御免」の許可がないと履けなかった。

今日のような木綿足袋の普及にも理由がある。俗に振り袖火事と呼ぶ明暦の大火に原因があった。火事の火元は、本郷丸山本妙寺で、三人の女が法会《ほうえ》のため振り袖を焼いたのが原因だったから、一般には振り袖火事と呼ばれている。

なぜこの火事でと思われがちだが、火事により革が不足して、価格が急騰したため、足袋の素材も木綿を使わざるを得なくなったという。

『徒然草』に出てくる大根

冬になると料理に大根を使うことが多くなり、まさに古人が言っていた「大根の季節に、病人なし」の頃でもある。ある物の本には、青森県の五戸地方では、十人家族だと、一冬に七百本の大根を用意したとあるから、並の量ではない。

日本人と長い付き合いの大根だから、古くは『古事記』にも「淤富泥《おおね》」の名で出てくるし、平安中期の法典『延喜式《えんぎしき》』には、大根の栽培法から利用法まで書かれているから驚く。

それほど長い付き合いだから、大根にまつわる面白い話は数多く残っている。かの兼好法師さえ、『徒然草《つれづれぐさ》』に「大根の兵」なる話を書き残してくれた。

平安時代以後のことだが、地方の反乱を鎮圧したり、凶賊を追討するために、常に置かれた役人、押領使《おうりょうし》なる者がいた。九州でその位にあったこの男、何にでも効く薬として、毎朝、大根を二本ずつ食っていた。

ある日、すきを狙って敵が襲って来て囲まれたが、館の内から兵《つわもの》二人が出てきて、皆追い返した。そこで主人に、かく戦って下さったのは、いかなる方ですか、と尋ねると、「年来《としごろ》たのみて、朝な朝な召しつる土大根らに候」、つまり、長年あなたが信頼して、毎朝召し上がっている大根ですよ――と言い残して去って行くのである。

兼好法師に取り上げられているくらいだから、巷《ちまた》には、大根にまつわる風説は、掃いて捨てるほどある。それを大別すると祝《ほ》ぎ事に使われるものと、禁忌に用いられるものの両説がある。

まず大根は細工しやすいから、婚礼の宴席に男女の性器に模して出されるものが多い。これらの信仰は、夫婦和合、子授けの神として知られる聖天信仰につながっている。このヒンドゥー教の神は、単身と双身があるが、双身像は男天と女天が相抱擁《ほうよう》している。また大根が聖天の持ち物とされるところから、大根を絶ち、夫婦和合を願う地方もある。

大根にまつわる禁忌も多い。よく言われるものに、大根の種を土用の入りや丑《うし》の日に撒くと曲がった大根になる、と嫌う地方もあれば、逆に大根畑に七夕飾りの竹を刺しておくと虫がつかない、という所もある。

私の子供のころ疎開していた群馬の片田舎では、十月十日の十夜《じゅうや》には、子供達が藁《わら》の芯《しん》に、芋殻でもある芋茎《ずいき》を入れ、藁縄で巻いた藁鉄砲を作った。夜になるとこれを地面にたきつけ、「トーカンヤ、ワラデッポー」と囃《はや》しながら、村中を経巡った。当時大人達から聞いた話では、畑を荒らして農家を困らせる土竜《もぐら》封じだということになっていた。

この藁鉄砲だが、大人になって知ったもう一つの効用は、この音を聞いて大根が太る「大根の年取り」ということだった。ただし大根の太る音を聞くと死ぬという迷信もあって、大根畑に入ることも、もちろん食べることも禁忌とする地方もある。

藁鉄砲と同じ行事として、西日本には亥《い》の子突きがある。同じく十月十日の夜、丸い石でこしらえた亥の子で、子供達が地面を突いて回る。やはり、この日に大根畑に入ると、大根が腐るとか、太らない、裂け目ができる、さらには疫病神がつくとまで言われた。

これらの禁忌は、半夏生《はんげしょう》や彼岸、社日《しゃにち》、夷講《えびすこう》など、季節の折り目などにもあった。半夏生とは、「半夏（カラスビシャク）の生えるころ」の意で、七十二候の一つである。今の陽暦で言うと七月二日ころに当たる。この日は、天から毒気が降るとされているから、いっさいの野菜を口にしない日とされる。

普段一般にはなじみの少ない社日の方だが、「社」は中国で言うところの土地の神のこと。春分、秋分に近い戊《つちのえ》の日で、春社、秋社がある。この日は作神《さくがみ》が去来する日とされ、田畑に入ることが嫌われた。

こうして見てくると、たかだか大根だが、神祭の重要な食品であり、加えて大根畑は、一種の霊界に近い、神の出現する神聖な場所と見なされていたことになる。

ここで下げを一つ。俗に下手な役者のことを「大根役者」と呼ぶ。私もそれに該当する役者名を何人か即座に口にできるが、それはやめておく。『野菜・山菜博物事典』（東京堂出版）を書いてくれた草川俊さんは、その答えを「あたったためしがない」と教えてくれた。そう言えば、大根で中毒を起こした話など聞いたこともない。

「竹馬の友」と「騎竹之年」

私達の子供の頃の話だが、大人と一緒に炬燵《こたつ》にでもいようものなら、「子供は風の子、大人は火の子、外で遊んでらっしゃい！」と母親から追い出されたものだった。そんな時は近所の仲間を誘って、竹馬遊びをしたものである。どこのお宅の物置きにも、去年使った竹馬はしまってあったし、仮になくとも、竹竿や鋸《のこぎり》、麻縄などがあるから、じきにこしらえることが出来た。

こんな冬の毎日だから、子供のころから親しくしている者同士を「竹馬《ちくば》の友」ということも子供のころから知っていた。

この「竹馬」の起源も中国から伝来したことは、大人になって見当はついていたが、もう一つ竹馬のことを、高足《たかあし》とか、鷺足《さぎあし》と大正のころまで呼んでいたことを知った。つまり田楽《でんがく》の中で使われる高足の変化したものだというのである。田楽で用いる道具「高足」は、棒に十字架のように横木を付け、これに両足を乗せて飛びはねる——というものだから、今日の「竹馬」の起源になってもおかしくない。

先にも中国からの伝来と書いたが、実は晋の時代の正史でもある『晋書《しんじょ》』（房玄齢他編）の中の一巻「殷浩伝《いんこうでん》」の中に興味深いこんな話が出てくる。

この巻の主人公でもある殷浩は、若いころから桓温《かんおん》と並び称される豪傑として知られていた。当の殷浩は気に留めていなかったが、一方の桓温はそのことが不満でならなかった。だから会う人ごとに、幼いころの二人の話を引き合いに出し、自分の方が上だと、しきりに説明した。

桓温は殷浩と竹馬に乗って遊ぶ仲だったが、私が竹馬を捨てれば、彼がそれを拾うという間柄だったから、殷浩は私より下なのだ——と言うのである。そこには、こんな文言が書いてある。「故当出我下也」、つまり「故に当《まさ》に我が下に出づるべきなり」と言うのである。

話が脇にそれるが、私の俳句の友人に黒田杏子さんがいて、彼女にこんな竹馬の一句がある。

屋根から乗りて竹馬の女の子

彼女は私と同年配で、戦中、栃木県に疎開しているから、女の子と言えど、土地の子とこんな遊びをしたのだろう。

竹馬は慣れてくると、足を乗せる部分を上げ、高くして乗った。臆病だった私などは、どこの家の前にもあった防火用水のへりに乗って竹馬にまたがる程度だった。

黒田さんは、今でもその名残りがあるが、さぞお転婆だったのだろう、低い物置きの屋根などから竹馬に乗ったというのがこの一句。

この一句が、ある俳句雑誌の鼎談《ていだん》で取り上げられ、中の一人がこんな発言をしている。「雪国のことでしょうか。もし屋根まで雪が積もっていたら、竹馬で遊ぶのは難しいと思うのですけど」と、のたまう。念のため書くが、この方は昭和二十七（一九五二）年の生まれ。とすると、竹馬は戦後間もなく途絶えたのだろうから知る由もない。

二本の竹を使う竹馬のことを書いてきたが、もう一つ別の竹馬がある。こちらは自生の竹や笹竹を、枝や葉を付けたまま切り、これを馬に見立ててまたがる遊びである。その竹の根元近くに手綱代わりの綱を付け、蒲の穂を鞭《むち》として持って遊んだ。

こちらの竹馬は更に進化したらしく、『近世風俗事典』（江馬務他監修、人物往来社）には、こんな風に書かれてある。

「今世京坂では長さ六寸ほどの馬の首頭を煉物《ねりもの》でつくり、粉で塗って表に描き立髪を植えて三尺ほどの女竹を柄のようにしてつけ、竹の端に板の小車二輪をつけ竹の接ぎ目は絹で包むのである。児童がこれに乗るようにしてまたいで遊ぶのであるが、今江戸にはない」と書き、この竹馬と、江戸ではやっている竹馬の絵が描かれてある。

二本の竹を使った竹馬の方には、子供が編み出したのだろう、多くの遊びがある。中田幸平氏の『江戸の子供遊び事典』（八坂書房）から、その一部を紹介する。

その一つ「二十四孝　筍掘り」は、中国の親孝行の故事から案じたもので、片足で立ちケンケンをし、一方の竹を肩にのせて鍬《くわ》のようにし、筍を掘りに出かける格好をする。「槍突き、ひっかけ」もやはり、片足でケンケンしながら、一方の竹を小脇に抱え、同じくケンケンをしている相手を竹で突き、竹馬から落とす遊びである。

幼少年期のこうした遊びの中から、「竹馬の友」も「騎竹之年《きちくのとし》」も生まれたのだろう。

人々をおびえさせた梟《ふくろう》

少年時代を田舎で過ごした私にとって、怖いものの一つが梟《ふくろう》だった。姿はあまり見かけなかったが、あの鳴き声を聞いていると、子供ながらにふぐりの縮む思いがした。家族のいる夜ならともかく、夜、一人で留守居番をさせられる時などは、つい立ってラジオの音量を上げている自分に気付いていた。

梟の声が聞こえはじめると、誰言うとなく「五郎助ホーホー」とつぶやいた。その「五郎助」の意は知らなかったし、知ろうともしなかったが、大人になって調べると梟のことで、鳴き声の「ごろ」に「助」の字を付けて擬人化した言葉であることが分かった。調べた資料には、「ぼろ着て奉公」なる囃《はや》し言葉も見つかった。

そういえば、この「ぼろ着て奉公」なる言葉は、日本の古いプロレタリア童謡で、槇本楠郎作詞、守田正義作曲の「梟《ふくろ》と燕と鶏」にも出てくる。その一番を抜いて見ると

ふくろは老いぼれ　いくぢなし　お山にかくれて　夜は鳴く「ぼろ着て奉公」　おら
イヤだ

とある。昭和五（一九三〇）年に出た童謡集『赤い旗』が初出だから、古い方には、歌った覚えがあろう。

この手の話に詳しいのは、私の知恵袋『和漢三才図会《わかんさんさいずえ》』だろう。ここでは梟に「号」と「鳥」の字を組み合わせて「ふくろう」と読ませている。この梟、よく言われるように、長じると自分の母を食う不孝な鳥と書かれ、それゆえ古人は夏至の日に捕らえて磔《はりつけ》にするのだという。そう言えば、梟の字の意は、死骸《しがい》を木の上にさらし、小鳥をおどすことで、磔と同根ということになる。

梟は留鳥だから一年中日本にいるのに、なぜか歳時記では冬の鳥とされている。その理由は、冬の夜にこの鳥の声を聞くと、誰もが凄惨《せいさん》な気分になる、という辺りがその理由らしい。正岡子規の俳句に

梟や聞耳立つる三千騎

がある。三千騎とは夜陰に乗じて移動する兵の隊列であろうか。音を立てないように配慮しながら移動する兵達に、近くの森から聞こえる梟の声は恐怖だったに違いない。かつて、平維盛《たいらのこれもり》の軍勢が、狩野川をはさんで頼朝と対峙《たいじ》した折、水鳥の羽音に驚いて逃走した恐怖感を、この一句にも感じる。

その梟の鳴き声だが、かの『和漢三才図会』にも、面白い話を書き残してくれている。一般には木菟《みみずく》と同じように方伊《ほうい》方伊《ほうい》と鳴くだけだが、天候によって聞こえ方も微妙に違うのだという。

晴れる時には、乃利須里於介《のりすりおけ》と聞こえ、雨が降らんとするときには、乃里止利於介《のりとりおけ》と聞こえ、晴雨の占いとしたとある。やや表現は大仰だが、微細な鳥声を聞き分ける才に、古人がたけていたことは、この一事から分かる。

この梟の天気予報は、一般にも言われていたらしく、秋田県や鳥取県の古い文献には、「梟が鳴けば天気になる」が残っている。もっと具体的な言い方もある。「梟の宵鳴き糊摺《のりす》って待て」がある。つまり、宵に梟が鳴くと翌日は必ず晴れるので、洗濯物に使う糊を作って、その用意をしておけ——の意なのだ。『故事・俗信　ことわざ大辞典』（北村孝一、小学館）からの引用だが、日常、和服を着ていた時代の言い方だから、現代人には、ちと理解し難い言葉かも知れない。

ついでに書けば、この一連の俗信の一つとして、「梟が鳴けば子が産まれる」が引かれ、その理由は書かれていないが、西欧、ことにエジプトには、恐ろしい俗信が残っている。

かの地では、梟は凶鳥とされ、近くでこの鳥の鳴き声を聞いた家には死者が出ると信じられていた。日本の、屋根に止まった鴉《からす》が三声鳴くと、その家から死者が出ると言われてきた迷信とどこか似ている。くだんの子供の出産だが、この地では、梟の鳴き声がしている時に生まれた子は、一生不運につきまとわれる、というのだから恐ろしい。

かくの如く西欧でも「夜の鳥」「死の鳥」と恐れられてきたが、ギリシャ神話にも、この梟が登場してくる。

それによれば、冥府（死後の世界）で、何も食わずに居さえすれば、地上に戻れる約束になっていたのに、黄泉《よみ》の王ハデスの妻、ペルセポネは、事もあろうに石榴《ざくろ》の実を口にしてしまった。それを告げ口されたペルセポネの母デメテル（収穫の神）の怒りを買い、梟に変身させられた——というのである。

不運続きの梟だが、一つだけ誇れる話は、同じギリシャ神話の女神、アテナの聖鳥であるところから、「知恵の象徴」と言われてきたことだろうか。

中国伝来の冬野菜たち

海を隔てているとはいえ、隣国の中国と日本は、歴史的に見ても実に深い関係にあった。そんなことは改めて書くまでもないが、中国から渡来してきた物の中に、野菜も多くあった。そんな中からこの章では冬の野菜の類に触れてみる。中国は野菜にも独特の漢字、例えば菠薐草《ほうれんそう》のような文字を充てるので、この章に限って、野菜名は全て片仮名書きにする。ホウレンソウについては、春の章の「ホウレンソウとお歯黒」に書いているので、内容のダブりはお許しいただきたい。

冬の野菜の代表といえば、そのホウレンソウで、私の子供のころのそれは、葉が地面に張りつくように平たく生えていて、赤い根の部分がことに甘かった。

当然こんな野菜は、古来から日本にあったものと思っていたが、俳句をやるようになってから歳時記に「菠薐草」とあり、「やっぱり中国」と思うようになった。

縁あって調べていくと、原産地はペルシャ（現在のイラン）で、やがてシルクロードをあちこちに運ばれ、中の一部がネパールに入り、そこに在った地名「ホウレン」を冠せられた。やがて中国に入って充てられた漢字が菠薐草で、ホウレンの読みは、唐宋音である。日本へも行灯《あんどん》、普請《ふしん》などと伝えられたものと同音なのである。

ホウレンソウと並んで冬の野菜の代表はネギだろう。関東から北の地方では、根の白い根深ネギを主に食べ、関西地方の人は主に青い葉の部分を食する習慣の違いはあるが、ネギは日本の冬の代表的野菜であることに違いはない。

そんなネギの原産地も中国とされ、漢民族が原始時代から栽培していたことになっている。ことに酷寒に強いところから、中国の東北部やシベリア地方では、冬を越してまで栽培されていた。

わが国の最古の医書『医心方《いしんほう》』(丹波康頼撰)にも、五つの大事な野菜の一つに挙げられているように、漢方の本家、中国では食、医ともに、このネギが大切に扱われてきた。ネギの処方を見ても随分と多用に使われ、高熱が出た場合や骨節の痛み、顔のむくみなどには、葉を煎《せん》じて飲んだ。また、金属による切り傷や、虫、蛇などに咬《か》まれた折は、煎じた汁で洗浄することになっていた。

こんなネギが日本に伝わったのは、シベリアから朝鮮半島を通じてのものだったらしく、既に『日本書紀』には秋葱の文字も見られる。もちろん、平安中期のころの、薬になる草（本草）を集めた『本草和名《ほんぞうわみょう》』（深根輔仁撰）への登載もある。もう少し時代も下るが江戸初期の俳書『毛吹草《けふきぐさ》』（松江重頼編）に至っては、武蔵国の名物として根深ネギを載せている。今の深谷ネギの元祖ということになろう。

ネギほど古くはないが、ニンジンも中国から渡来した野菜である。元《げん》の時代というから、モンゴル族の王朝が中国を支配していたころになろうか。その時代に、胡すなわち西域から中国に入ってきたので、胡蘿蔔《こらふく》と呼ばれていた。この呼び名は、現代の歳時記にも取り込まれているが、蘿蔔とはダイコンのことである。

中国で改良された長根のニンジンは、十七世紀のころ日本に伝わったが、日本では滝野川ニンジンとか、金時ニンジンの名で全国に広まった。西洋種に比べて匂いは弱いが、子供はニンジンが嫌いだった。そこで「乃木大将の母」の話が生まれた。私も母からこの話をさんざん聞かされた年代だから、同年輩なら覚えている方も多いだろう。乃木希典《のぎまれすけ》が少年の時代、かのニンジンが大嫌いだった。思案したお母さんは毎日食膳にニンジンを出し続けた。結果、ニンジン嫌いは直った――という美談だから、世の母親達は、子供にこの方法を用いた。

ここまで触れてきた冬野菜の中で、最も遅れて日本に入ってきたのがハクサイかも知れない。中国から伝わった当初のハクサイは球体ではなく、『長崎見聞録』（廣川獬）には、唐菜《とうな》の名で出てくる。

ところが、明治八（一八七五）年に東京で開かれた内国勧業博覧会に、中国が三株の結球ハクサイを出展し人気を集めた。それから遅れること七年の同十五年に、東京の内藤新宿試験所と、愛知県試作所が結球ハクサイの試作に入ることになる。試行錯誤の結果、今日の愛知ハクサイの成功につながった。以後、中国料理の家庭への浸透と、朝鮮キムチ（沈菜）の普及で、ハクサイは、冬野菜の不動の王者となっていくのである。

「鰤起こし」とは冬の雷

戦時中に我が一家が疎開していた群馬は、海無し県だったから、新鮮な魚はほとんど口に入らず、魚といえば塩干魚に限られていた。戦後しばらくして東京に戻った折、伯母がまず馳走してくれたのが鰤《ぶり》の照り焼きだった。だから鰤というと、今でも、伯母のこの料理を思い出す。そして、群馬にいた時の恨みを晴らすがごとく、その後、魚狂いにのめり込んでいくことになる。

鰤と言えば冬の季語だが、それも富山湾に揚がったものを最良とした。古い時代の話になるが、富山県から山を越えて岐阜県の飛騨地方に届くと、途端に「一斗鰤」になったという。つまり米一斗分の値が、この鰤一匹に付けられたのである。この話に尾ひれが付くと、もっとひどいことになる。更に幾つかの山を越えて担ぎ込まれた信州では、「一俵鰤」の名が付いた。話半分に聞いたとしても、鰤が当時から貴重品であったことは分かる。

さて、本題の鰤だが、冬の間に獲れるものを寒鰤と呼んで珍重した。ことに北陸地方で鰤の豊漁の時は、海が時化《しけ》て雷が鳴るので、冬の雷を「鰤起こし」と呼んで季語にもなっている。

同じ日本海で冬に獲れる鱈《たら》にも同じことが言われる。この鱈だが見かけによらず貪欲《どんよく》で、鰊《にしん》、鰈《かれい》はもとより、蛸《たこ》、蟹《かに》まで、むさぼり食うところから、腹いっぱい食べる例えとして「鱈腹《たらふく》」なる言葉も生まれた。その鱈も、鰤と同じように、雷で海の荒れた日に獲れる。まさに雪が降ろうとする時に鳴る雷を「雪起こし」と呼ぶが、魚扁に「雪」と書く鱈も、この雷に誘われるように獲れる。

同じことは、冬の秋田、山形辺りで獲れる鰰《はたはた》にも言える。やはり雪の日に雷が鳴ると群《く》来《き》るので、雷の神「霹靂神《はたたがみ》」にちなんで神の一字をもらい、「はたはた」と呼ばれるところ、念が入っている。

案外知られていない魚に、北海道の奥尻島辺りで「ゴッコ」と呼ぶ魚も、厳寒期の海の荒れた日に獲れる。この魚、尾もひれも退化した深海魚だから自力では泳げず、荒波に押し出され岩場に漂着する。これで土地の人は「ゴッコ汁」を作るが、ぶつ切りにした切り身に、白子、卵、岩海苔《のり》で炊いたぜいたくな一品である。

鰤も鱸《すずき》や鯔《ぼら》などと同じように出世魚だから、つぎつぎ名を変えて呼ばれる。その一つが、ワカシ→イナダ→ワラサと成長してブリに至るもの。もう一つは、フクラギ→ヤズ→ハマチ→メジロと名を変えてブリになる。大方がブリの成魚になるのに四年はかかっている。

ブリの語源も、この魚に多い脂肪分を言うアブラのブラが変化したとする説と、年経《ふ》りたる魚からきたフリ説の二つがあるが、どうもいちがいには信用しがたいところもある。

漢字の国、中国では、魚師と書いている。この漢字の意味は大魚、老魚のことらしく、鰤好きの人には残念でもある。中国の呼び名、魚師をもう一度じっくり見てもらうと、この文字を横に並べて書くと鰤になる。そう、日本で生まれた国字だったのである。しかし、ある漢和辞典には、鰤の字義を「毒魚の名。食べると死ぬという」と解説しているから、驚くばかりである。

念のため、くだんの『和漢三才図会』に当たってみると、中国の薬の辞典『本草綱目《ほんぞうこうもく》』の引例として、「鰤の大きなものは毒があり食べると死ぬ」と、やはり書いてある。ただし次に「いまは識《し》っているものはいない」とも書く。恐らく中国から伝わった迷信の類であったのだろう。

これに反して鰤は、生長につれて名前の変わる出世魚だから、めでたい時にもっぱら食べた。正月に食べる魚を、正月魚、年取り魚と呼んで、もっぱら鰤が使われ、とくに西日本の正月には塩鰤が欠かせなかった。ちょうど東日本の正月に塩鮭が欠かせなかったのと同様である。物の本には、飛騨から松本方面まで鰤が届けられたとあるから、先にも引いた「一斗鰤」「一俵鰤」も、本当のことだったのだろう。

こうした鰤や鯛などのめでたい魚を調理した時は、尾やひれを板壁などに張って残しておく地方もある。これをどう使うのかだが、めでたい贈物を差し上げる際に、この尾やひれを少しずつ切って添え、熨斗《のし》の代わりに使ったのだという。鯛はともかく、鰤もずいぶんと出世したものである。

雪女は美女にあらず

かつての私達の子どもの頃は、暗くなるまで外で遊んでいると、親達から「人攫《ひとさら》いが来るよ」などと、威されたものである。私の父の兄も七歳のころ、夜、外で遊んでいたまま帰らず行方不明になったから、祖母は、人攫いにさらわれたと、終生言い続けてきた。

それはともかく、夜には怖いものが沢山あったが、ここでは雪女について書く。

柳田国男の『遠野物語』にも、その雪女が詳しく書かれてある。一〇二話には、小正月の晩のことだが、こんな風に書かれている。

「宵のほどは子供ら福の神と称して四五人群を作り、袋を持ちて人の家に行き、明《あけ》の方から福の神が舞い込んだと唱えて餅を貰う習慣あり。宵を過ぐればこの晩に限り人々決して戸の外に出づることなし。小正月の夜半過ぎは山の神出でて遊ぶと言い伝えてあればなり」

次の一〇三話にも、「小正月の夜、または小正月ならずとも冬の満月の夜は、雪女が出でて遊ぶという。童子あまた引き連れてくるといえり」とある。そのため、橇《そり》遊びをして夜になることもあるが、十五日の夜に限り雪女が出るから早く帰れと親から言われていたという。

『遠野物語』に限らず、東北には似た話が沢山残っている。手許にある『神話伝説辞典』（朝倉治彦他編、東京堂出版）によると、雪女はその名の通り、雪の降る夜に現れる妖怪。名称から雪のように白い美女を想定している例もあるが、青森県西津軽郡では、正月の元日に地上に降りて、初卯の日に帰るとしている。

また、片目片脚の伝承を伴う雪女もあり、これは神霊の大きな特色の一つであり、この神霊の来臨の折には、暴風や吹雪を伴う伝承もある。

長野や富山には、こんな話も伝わっている。雪女が雪山の山小屋で働く猟師親子の前に現れ、こともあろうに父親の方を殺してしまう。残された子に雪女は、この事を誰にも話すなと言い、もし話したら殺すと言って消えた。それから十数年が経ち、ある時、子猟師はうっかり妻にかの日の模様を話してしまう。ところが、妻の正体がかの雪女であった。二人の間には、既に子供があったので、辛うじて命だけは助けてもらったという。

これに似た話は、ラフカディオ・ハーンこと、小泉八雲の短編小説集『怪談』の中の一つ「雪おんな」としても出てくる。この短編小説集は、日本に古来から伝わる、説話や昔話、怪異談を素材に十七編が収められている。念のため、他の十六編を紹介すると、「耳なし芳一のはなし」「おしどり」「お貞の話」「うばざくら」「かけひき」「鏡と鐘」「食人鬼」「むじな」「ろくろ首」「葬られた秘密」「青柳ものがたり」「十六ざくら」「安芸之介の夢」「力ばか」「日まわり」「蓬莱」――となる。

これらは、八雲の詩的想像力と、古き良き時代の日本と日本人に寄せる深い愛情により再創造されたメルヘンであるとも言えよう。

雪女と言えば、誰しもが美女を想像しがちだが、その理由は、喜多川歌麿描くところの錦絵を想像するからだろう、と私などは思っている。だが、なかなかそうはいかず、読者の想像を裏切るようで申し訳ないが、大方は老女や産死者が多いとされている。

そのせいか歳時記にも「雪おんば」とか「雪降り婆」などが多く入っている。その呼び名のいろいろを、『日本伝奇伝説大事典』（乾克己他編、角川書店）にのぞいてみると、雪おなご（津軽）や雪女郎（山形、新潟）などは美女のイメージにつながるが、雪んば（宇和）や雪婆（秋田）、雪降り婆（諏訪）になると、前記の老女説につながる。

このほか、各地に残る伝説によると、青森県の九戸地方では、「ゆきのぼうさま」と、男として扱っている。そういえば歳時記の傍題季語にも、雪坊主なるものがある。また雪女が片足跳びするところから、諏訪地方には雪降り婆のほかに、「しっけんけん」の名もある。同様に八丈島にも、一本足で竹を突いて歩き回る話が残っている。

これとは逆に、吹雪の夜に宿を求めた娘を泊めてやり、翌朝見ると、白衣の中に黄金が入っていたという「大歳《おおどし》の客」の民話に通じる伝説も各地に残っている。

これらの説話は、雪害の怖さや、長い間雪に閉じ込められる閉塞感から生まれた幻想、幻覚が、年神《としがみ》（一家の福徳や五穀豊穣を司る神）や祖霊と結びついて妖怪に変じたのであろうとされる。

新年

初夢に吉夢あれかし

虚を信じなくなった現代人は、夢すら信用しなくなったが、古人はこの夢に大きな期待を託しながら床に就いた。中でも正月に見る初夢には、一年の吉凶を占う意味もあったから、いろいろと工夫を凝らしている。

私達の子供の頃にもささやかれていた吉夢、「一富士、二鷹、三茄子《なすび》」も、意味は分からないながら、こんな夢を一度は見てみたいと思っていた。

その「一富士」は分かるが、なぜ「二鷹」「三茄子」なのかは、かの『広辞苑』にすら「駿河の国の諺《ことわざ》」としか書かれていない。そこで私の「なぜ?」が始まる。

もっともらしい語源説の一つは、肥前平戸の藩主・松浦静山が、大名・旗本に伝わる逸話や、市井の風俗などを書き取った『甲子夜話《かっしやわ》』の中に、『広辞苑』でも言う、駿河での話として出てくる。

それによれば、徳川家康が駿河にいた折、一番高い山は富士山で、次いで高いのが足高山、価の高いものは初茄子だ――と言ったことに由来する。足高山は俗に「タカ」と呼ばれていたが、その「タカ」が訛《なま》って、今では富士山の前山としてそびえる愛鷹《あしたか》山のことである。

この三つがなぜ吉夢なのかと言えば、富士山はその高大を喜び、鷹は鷹狩りの際に諸鳥を摑《つか》み取るところから強さの象徴であり、茄子は「なすなる」と「成」の意に置き換えたもの――といったところに落ち着きそうである。瑞夢のこの話が広まると、江戸の庶民は、これらを初夢に見たいと念じるようになった。

では、その初夢だが、いつ見るのが正しいのだろうか二つの説がある。現在の歳時記では、正月の二日に見る夢とされているが、もう一つの説は、元日の夜に見るのが初夢だとしている。そもそも古くは、一年の初めは大晦日の夜とされていたから、元日説にも正統性がある。さらに古くは、節分の夜、つまり立春の朝見る夢を指した時代もあった。

初夢に吉夢を見たいと思うのは当たり前で、そのための工夫として、枕の下に宝船の絵をひそませて寝る人が多かった。喜田川守貞の『守貞漫稿《もりさだまんこう》』にも、その辺の様子が、こんな風に書かれてある。

「正月二日、今夜宝船を枕下にしきて寝る也。昔は節分の夜之を行ふ。今世禁裡に用ひたまふは、舟に米俵を積むの図也。民間に売るものは、七福神或ひは宝尽《たからづくし》等を画く」と。正月二日としたのは、守貞の時代には、初夢の定義がこの日に決まっていたからだろう。その『守貞漫稿』には、舳先《へさき》に竜神を据えた宝船に、七福神がひしめくように集まっている絵が添えてある。七福神とは、改めて書くこともないが、恵比寿、大黒、毘沙門天《びしゃもんてん》、弁才天、福禄寿《ふくろくじゅ》、寿老人、布袋《ほてい》の七神だが、これらは仏教の神と言うより、インド、中国、日本の神仙等を組み合わせ、人々に福と徳と寿を与える神として崇《あが》めた。

七福神を崇める信仰は、商業社会が栄え始めた室町時代の末期から興り、『仁王般若経』の「七難即滅、七福即生、万姓安楽、帝王歓喜」から創り出されたとされる。そのモデルが七福神で、恵比寿は律儀または清廉、大黒は有徳、毘沙門天は威光、弁才天は愛敬、福禄寿は人望、寿老人は寿命、布袋は大量を表しているとされる。

枕の下に宝船の絵を入れて寝に就いたのに、吉夢を見られなかったばかりか、凶夢を見てしまった場合の解決策も編み出されている。一つは、その宝船を水に流す方法であり、もう一つは、宝船に獏《ばく》の絵や文字を書いて帳消しにする方法だった。

ここで言う獏は、悪夢を食ってしまうとされる想像上の動物である。その姿たるやすごい。鼻は象のように長く、目は犀《さい》に似て細く、尾は牛のそれにそっくりで、足は虎のようにいかつく、全体は熊に似ている——ということになっている。とはいえ、貘の名の付いた動物は、アフリカや東南アジアに実在する。

中国を発祥地とする想像上の動物は多いが、『平家物語』に出てくる鵺《ぬえ》もその一つ。近衛天皇のおびえを救うために、源頼政が退治した鵺もまた奇妙な姿をしている。頭は猿に似て、むくろは狸のそれで、手足は前記の貘同様に虎のようだとされる。

ついでにもう一つ書けば、貘に似た霊獣に白沢《はくたく》がいる。形相がまたすさまじく、「人面牛身虎尾にして、額に三個、腹の両側に各三個計九個の眼を有し」ているが、「昔よりこの怪獣神は悪夢を喰《く》ひ、善い夢を与へる」と物の本にはある。一説には貘すなわち白沢とする文献もある。

こんな風に怪獣を列挙していると、夢を見るどころか、寝に就けないことになりそうだ。

鼠がなぜ「嫁が君」に

蕗谷虹児作詞、杉山長谷夫作曲の童謡「花嫁人形」は、九十年以上昔の歌だが、いまだに多くの人が歌える。「金襴緞子《きんらんどんす》の　帯しめながら　花嫁御寮《ごりょう》は　なぜ泣くのだろ」で始まるこの歌の碑は、虹児の古里、新潟県新発田《しばた》市にある。歌碑をよく見ると、第四節の歌詞「泣けば鹿の子の　たもとがきれる」の「きれる」が「濡れる」になっている。聞けばこの歌、結婚披露宴の席でよく歌われるので、忌み詞《ことば》「きれる」を「濡れる」に改めたのは、虹児本人だったのだという。

この歌詞の変更に限らず、日本人の中には、いまだに言霊《ことだま》思想への思いが強くあるからだろう。使う言葉を単なる記号と考えずに、事物が一体化して、悪い言葉は悪い事態を引き起こす、とするのが言霊思想である。

そんな例は私達の日常にもたくさんあって、例えば「葦」を「あし」と読めば「悪し」に通ずるので、「よし」と読んで「善し」を呼び込んできた。冬の味「河豚」を「ふぐ」と読むと「不具」を連想させるから、清音で「ふく」と読んで「福」に転じてきた。辺りを見回すと、こんな例は限りなくある。

ご多分に漏れず歳時記もまた、忌み詞を祝《ほ》ぎ詞に替えてきた。ことに新年の季語には、その用例が多い。歳時記に慣れている人なら、元日や三が日に降る雨や雪のことを「御降《おさが》り」と呼ぶことを知っているが、これも忌み詞の言い換えなのである。雨降りや雨雫のように、涙、泣く形容に使われる表現を忌み嫌っての言いならわしである。

その伝から鼠《ねずみ》も忌み詞になった。十二支の頭に据えられた知恵者として扱われる鼠なのに、「寝」を忌む連想から「寝積み」の意が嫌われたのだろう、何と「嫁《よめ》が君《きみ》」なる派手な言葉をもらった。ただし、この呼び名は三が日に限ってのことである。

ここで言う「嫁が君」は、主に関西地方での呼び名で、嫁御《よめご》、嫁御前《よめごぜん》、嫁女などとも言い、どれも丁寧な言い方である。その訳は、鼠は大黒様の使いなので、正月に米や餅を供える習俗が広く行われていたからという。

また、普段なら何でもない物や事を、新年らしく大仰に表現するのも正月詞らしいところである。そのころ出回る海鼠《なまこ》を「俵子《たわらご》」と言う。命名のおもむきは、海鼠の形が俵にそっくりだからである。

俵の形がなぜめでたいのか、現代人には理解されにくいが、かつては農民といえども、米は日常的に食べられず、晴れ（ハレ）の日にしか口にできなかったことに由来する。そう言えば同じ新年の季語「節料理《せちりょうり》」、つまり御節《おせち》料理の傍題季語には、節料米《せちりょうまい》、節米《せちごめ》、年取米《としとりまい》、年《とし》の米《こめ》——といった具合に米の字が並ぶ。

三が日に固い餅などを食べることを「歯固《はがため》」とか「歯固の餅」と呼ぶ。歯という字を齢《よわい》に重ねて、延命長寿の思いを重ねたものである。この習慣の出どころも中国にあって、楚の年中行事を記した『荊楚歳時記《けいそさいじき》』（宗懍）にも、「膠牙の餳《こうがとう》」なる固い飴《あめ》を食べる風習が紹介されている。

中国と言えば、もう一つ蓬萊飾《ほうらい》りのことにも触れなくてはならない。その代表が鏡餅で、昔の金属の鏡に似せて、餅を丸く平たく作り、まず三方に載せる。これに伊勢海老、橙《だいだい》、串柿《くしがき》、昆布、裏白などを添え、中国の想像上の蓬萊山に見立てるのである。

蓬萊山とは、渤海《ぼっかい》湾にある三神山の一つで、ここには仙人が住み、不老不死の神薬があると信じられていた。この薬を手に入れるべく諸王は心血を注いできたが、秦の始皇帝にいたっては、神仙術を使う方士《ほうし》（術を使う人）の徐福を遣わした話が、つとに知られる。

ここに書いた蓬萊飾りにそえる品々も、それぞれに縁起物を使った。その一つが橙であろう。『古事記』や『日本書紀』にも出てくる話だが、田道間守《たじまもり》が常世国《とこよのくに》から持ち帰った非時香菓《ときじくのかぐのこのみ》は橘《たちばな》だということになっているが、橙だとする説もある。橙の「だいだい」を、「代々永続する」と読んだ縁起物ということになっている。

お飾りに使う楪《ゆずりは》も、新しい葉が出ると、古い葉が垂れ下がることを縁起とし、父子相続、子孫繁栄を願った。その楪の傍題季語には「弓弦葉《ゆづるは》」の表記もある。弓弦とは弓の弦を鳴らし、悪霊や魔物を追い払う儀式だった。

皇室では現在でも、皇子が誕生すると「読書鳴弦の儀《とくしょめいげんのぎ》」なる儀式が湯殿の外で行われる。漢籍の一節を読み、その間中、弓弦を弾き鳴らすこの儀式は、皇子の文武両道を願ってのことに違いないが、悪霊祓いの意味もあるのだろう。

楪を九州地方では、「つるのは」と呼ぶところがある。葉裏が白く葉柄が赤いのを、丹頂鶴に見立ててともいう。正月ゆえのめでた尽くしになった。

目出た尽くしの正月言葉

私達が何気なく使っている正月の言葉の中には、とてつもなく目出たい意味が込められている。この稿では、それらの言葉が使われるようになった語源を探っていく。

まず、元日の朝、家族揃って杯を挙げる屠蘇《とそ》について触れることにする。あまり旨《うま》いものではないから、近頃は日本酒を屠蘇がわりに使う家庭も増えたが、それでは折角の目出たさを逃してしまうことになる。

屠蘇とは、屠蘇散、もっと詳しく書けば屠蘇延命散のことで、これの入った袋を、酒または味醂《みりん》に浸して飲む。この屠蘇散に入っているのは、肉桂《にっけい》、山椒《さんしょう》、白朮《びゃくじゅつ》、防風《ぼうふう》、桔梗《ききょう》など、あまり聞き慣れない品々を調合したものだから、決して旨くはない。

こんな飲み物を編み出したのは、中国の三国時代の名医、華佗《かだ》ということになっている。この名医、外科手術にすぐれ、また一種の体操による養生療法を創案したことでも知られている。

私達の一番知りたい効能では、邪気を払い、長寿をもたらすとされ、中国では家族で飲み交わす風が古くからあった。平安時代に日本に渡来し、宮中では、天皇の召し上がりもの、供御《くご》薬として儀礼化していたが、後に一般にも広まるようになった。

屠蘇を書いたのだから、次は御節《おせち》料理にも触れなくてはなるまい。正式には節料《せちりょう》物とか節料米と呼んでいる。この他、傍題季語に米の字の付く言葉が多いのは、かつての農民は、正月や盆などの「晴《はれ》」の日にしか白米が食べられなかったことに起因している。

このことと矛盾するが、関東地方では、正月に分家や親戚を招いて馳走することを「節《せち》」とか「おうばん」と呼んでいた。この「おうばん」は、椀《わん》に飯を盛る「椀飯《おうばん》」からきていて、今日「大盤振舞」と書くのは当て字で、正式には「椀飯振舞」と書く。「節」

の方も正月に人を招いて行う饗宴《きょうえん》を表す「節呼び」の名で残っている。

今の家庭では、元日の朝飲む大服茶を知らないところが増えたが、これも元日の朝に飲むもので、若水を沸《わ》かして茶をいれる。この茶に、梅干し、結び昆布、粒山椒《さんしょう》を入れ、雑煮に先がけて飲むと、一年の邪鬼を払う効果があるとされる。

ことに梅干しは齢のことほぎに、結び昆布は睦《むつ》みに、山椒は人の身の軽さにつながるとする由来がある。

村上天皇の御代（九四六〜九六七）というから随分古い話だが、疫病《えきびょう》が大流行して天皇を悩ませた。これを救ったのが六波羅蜜寺《ろくはらみつじ》の空也上人だった。上人が霊夢（神仏のお告げのある夢）を見、本尊の観世音に茶を献じると共に、万民にも施したところ、この疫病が平癒したと伝えられている。この功徳をたたえて王服（または皇服）茶として飲まれるようになった。

正月の供え物としての代表は鏡餅だが、昔は金属鏡に似た丸く平たい餅を、関東辺りでは三方の上に重ねた。これに伊勢海老、橙《だいだい》、串柿《くしがき》、昆布、裏白など添えて飾った。これは中国の想像上の、不老不死の霊薬があるとされる蓬萊山《ほうらいさん》の形に似せたものである。武家では床の間に飾った具足の前に紅白の餅を置いた。

これらの餅は、一月十一日の鏡開《かがみびらき》に、汁粉などにして食べたが、これを六月一日まで残して置き、長寿を祝う歯固《はがため》の行事に使うところもある。

この「歯固」とは別に、正月の三が日に固い餅などを食べる習わしも「歯固」と言う。歯を「よわい」（齢）に重ねて延命長寿の思いが込められている。中国の楚《そ》の年中行事を記した『荊楚歳時記』にも、「膠《こう》牙《が》の餳《とう》」なる固い飴を食べる風習が紹介されている。

正月の蓬萊台や注連飾《しめかざり》、鏡餅などに使う縁起物として橙が飾られる。その呼び名「だいだい」が「代々永続する」にあやかって使われた。

その橙だが、『古事記』や『日本書紀』にも出てくる田道間守《たじまもり》が常世国《とこよのくに》（海の上にある想像上の国）から持ち帰った非時香菓《ときじくのかぐのこのみ》を橘《たちばな》といい、これが橙だという説もある。

図入りの百科事典『和漢三才図会《わかんさんさいずえ》』には、「橙、俗に言ふ加布須《かぶす》」と書かれる。これは橙の皮を蚊遣《かや》りに使った蚊薫《かふすべ》の由来だが、今では大分県の名産で知られる柑橘《かんきつ》類の「かぼす」に引き継がれている。

料理に使われる「ポン酢《ず》」は、オランダ語の「ポンス」が語源で、橙の絞り汁のことだから、見事な言葉のアレンジと言えよう。

鳥追いにつながる七種

子供のころ、祖母から、「七種粥《がゆ》に使われる野菜の名前を知っている？」とよく聞かれた。五つ、六つの名は言えたが、残る一つか二つがどうしても出てこない。すると祖母はすらすらと七つの草の名を口にする。「芹《せり》、薺《なずな》、御形《ごぎょう》、繁蔞《はこべら》、仏座《ほとけのざ》、菘《すずな》、蘿蔔《すずしろ》」と、いとも簡単に呟《つぶや》く。これは俳句を始めてから感じたことだが、この七つの草の名が和歌や俳句と同じように五音と七音の組み合わせで成り立っているからである。念のため書いてみると、「せりなずな（五音）ごぎょうはこべら（七音）ほとけのざ（五音）すずなすずしろ（七音）」と、五・七・五・七で調べが実に良い。

この七種類の草を、正月の七日に羹《あつもの》にして食べると、万病を取り除く効果があるとされ、平安朝の初めのころ、これを禁中に奉ったのが初めらしい。一般に広く取り込まれたのは、やはり近世になってからである。

そうは言っても、冬の寒い盛りに、この七草が手に入るかどうかである。とくに雪の深い地方では、いろんな工夫がなされた。『図説・俳句大歳時記』（角川書店）に、そんな雪の多い地方の様子が紹介されている。

それによると、例えば山形県の荘内地方では、芹と楤《たら》の芽を細かく叩《たた》いて雑煮に入れて食べたので、「せれたらたたき」とか「せんたらたたき」と呼んでいる。同じく雪国の新潟県の北蒲原地方では、人参《にんじん》、牛蒡《ごぼう》、大根など根菜類と、果実の栗に串柿《くし》、そして草として楤の芽を加えたものを叩くのだという。

七草の叩き方だが、まず俎板《まないた》の上に菜を置き、包丁の背や擂粉木《すりこぎ》などを使って、大きな音を響かせながら叩く。その折、叩く人は、こんな文句をつぶやく。「七草なずな、唐土の鳥が日本の土地へ渡らぬさきに」とか、「千太郎たたきの太郎たたき、宵の鳥も夜中の鳥も渡らぬさきに」というと、先の角川版歳時記にはある。

この文句は鳥追いを意味する。私がもう二十年以上も通っている福島県の奥会津の三島町でも、集落によって多少文句は違うが、鳥追い歌があって、大方はこんな風に囃す。

「さあらばさって、追いましょう。雀の頭を八つに割って、さんだわらあ（桟俵）さ、ぶちこんで、鬼ヶ島、ホーホ、かにが島、ホーホ、ヤーホイ、ヤーホイ」

これは、小正月の前日の十四日の鳥追いの行事の際、子供達によって歌われる。

農家にとっては、猪《いのしし》や土竜《もぐら》などと並んで怖かったのが鳥の害だったのだろう。中国の『荊楚《けいそ》歳時記』にも「唐土の鳥」が出てくるが、これは姑獲鳥《うぶめ》などの妖鳥を指している。ちなみに書くが、この姑獲鳥とは産女とも表現し、難産のために死んだ女性の幽霊とか言われる想像上の怪鳥とされる。

話が大分それたが、七種はかつて、若菜節、七種節、七種の節供などと呼ばれ、『枕草子』にも「七日の若菜」の表現が見える。もともとの七種の種類は、稲、麦、豆、粟、小豆、黍《きび》、小麦だったが、宇多天皇（八六七〜九三一）時代に、今の七草に変わったとされる。江戸時代には、この日を五節供の一つとして定め、将軍以下七種粥で祝い、諸大名は熨斗目長袴《のしめながばかま》（武士の礼装）で参加したというからすごい。

一般の人もこれに倣って祝った。市中に六日に売りに来る薺を買い、六日の夜と七日の朝、俎板に薺を置き、先にも触れた「唐土の鳥が日本の土地へ渡らぬさきに……」を口にしながら叩いたと、『守貞漫稿』にも書かれてある。

また七草の叩き方は、七回ずつ七回叩けば四十九となり、七曜、九曜、二十八宿、五星を合わせた四十九の星をまつることにつながる、とする文献もある。

ちなみに、もう少し詳しく書くとこうなる。七曜とは、日と月に、火星、水星、木星、金星、土星の七つの天体を指している。これに日食に関係するものを加えたのが前記の九曜の意になる。次の二十八宿は少々ややこしく、月や太陽、春分点、冬至点などの位置を示すため、黄道近くの星座を二十八集めたものを言うらしい。最後の五星は、中国で古代から知られている五つの惑星のこと。七草叩きにしては少々壮大過ぎる発想である。

最後に七種の傍題季語にある七種爪に触れておく。正月七日の七種粥の前夜、薺を茶碗《ちゃわん》に入れた水に浸し、翌朝、その液をつけて、爪の切り初めをする。これも『守貞漫稿』からの拝借だが、「今日専ら爪の斬初《きりぞめ》をなす也。京坂にても此行をきかず」とあるから、関西にはない江戸だけの風習だったのかも知れない。

小正月の予祝儀礼

正月というと誰もが、一月一日から七日までの大正月《おおしょうがつ》を思いがちだが、正確には、一月十五日を中心にした小正月《こしょうがつ》を含めた総称でもある。

大正月は歳神《とし》（または年神）を各家に迎える行事である。歳神とは一家の福徳や五穀豊穣を司る神のことだから、神棚や床の間に祀り、これを年棚と呼んでいる。更に、歳神が存在する方角を明《あき》の方とか恵方《えほう》と呼んで、その年の縁起のよい方角とされてきた。

この大正月に対して、十五日を中心に行われる小正月の方は、十五日正月とか女正月とも言う。女正月とは大正月を言う男正月の対語で、大正月に多忙だった女性が年始をする日とされてきた。それゆえ、仕事を休み、晴れ着をまとい社寺にお参りしたり、女性だけで酒宴を開いたりもしてきた。

しかし十五日の小正月には、望《もち》の正月とか望年の呼び名もあるように、太陰暦では満月に当たるところから、重要な行事が全国で行われる。

民俗学者の柳田国男はこんな仮説を立てた。もともと日本では、田植えの月の直前の満月の日を大変重要な日と考え、実際の農作業の始まる四月の頃が一年の始まりで、満月の十五日年初説をとった。ところが、中国の暦法が日本に伝わると、もともとあった四月十五日の年初めが一月十五日に移されたとし、それゆえに、小正月の行事には農耕儀礼的なものが多いのだと考えた。

その柳田説を裏付けるような行事が一月十五日の小正月には多い。ちなみに、『日本民俗大辞典』に探ってみると、小正月の行事は次のように分類されるとある。順に列挙すると、①小正月の訪問者②害鳥獣を防ぐ呪術③火祭り行事④農作物の予祝儀礼⑤卜占《ぼくせん》（占うこと）儀礼――の五つになる。

①の小正月にやって来る訪問者の代表が、テレビなどでおなじみの、秋田県男鹿地方に伝わる「なまはげ」だろう。「なまはげ」は生剝《なまは》げの意で、不精者を剝ぐことを言う。十五日の夜、数人ずつ組んだ青年が鬼の面をかぶり、各家を訪れ、怠け者を懲らしめるという筋書きである。

これに似た行事は、東北地方や茨城県に伝わる「かせどり」かも知れない。小正月前後の晩に、顔を隠し、各戸を回って、物をもらい歩く行事。西日本の岡山県を中心に残る「ことこと」も、十四日の晩、やはり顔を隠した若者が家々を回り、藁《わら》の馬と交換に餅をもらう風習である。これらに共通の異形の来訪者とは正月神で、異界からこの世にやって来ると考えられている。

②の「害鳥獣を防ぐ呪術」とはおだやかでないが、今でも残っている鳥追いや土竜叩《もぐらたた》きなどのことを指す。私が今でも入る福島・奥会津の三島町で歌われる鳥追い歌は、捕った鳥を、「桟俵にぶっ込んで、佐渡ヶ島、鬼ヶ島」、つまり佐渡ヶ島や鬼ヶ島に流すぞ、とおどすのである。関西の兵庫、京都、大阪辺りに伝わる狐狩りなども、一連の風習だろう。

③の火祭り行事は、今でも全国に残っていて、「どんど焼き」以下、左義長《さぎちょう》、塞《さい》の神、さいと焼き、三九郎焼き——などと呼ばれるものだから、改めて説明する必要もないだろう。

前記の「火祭り行事」同様に、現在も全国に引き継がれているのが、④の「農作物の予祝儀礼」かも知れない。その行事が、餅花、粟《あわ》穂、稗《ひえ》穂、庭田植などの名で全国に残っている。中でも餅花の代表が繭玉で、繭の形に作った団子を木の枝に挿す。繭玉の風習は、稲など農作物の実りを祈願するものなのだが、養蚕の盛んな関東や東北地方などでは、繭の豊作を予祝する行事に変化していった。ちなみに書き加えれば、綿の生産地では、これに模した綿団子を、木綿玉と称して飾ったり、水木や柳など軟らかい材を削って花のように垂らす削り掛けも小正月の予祝行事としてある。

⑤の難しい呼び名の「卜占儀礼」も、小正月の重要な行事である。そんな中の代表が年《とし》占《うら》かも知れない。粥《かゆ》の中に竹や葦の管を入れ、それに入った粥や小豆の分量で、その年の豊凶や天候などを占うものである。

以上のように、小正月には実に多くの農耕儀礼が行われてきた。これらが年初めに行われることは、現代では理解されにくくもあるが、当初に書いた柳田国男の仮説のように、仮に田植えの月直前の満月の日に行われていたとすれば、神秘性以上に、一種のリアリティーを伴って出来ることなのかも知れないと思う。

邪気を祓った羽子板

歳時記の新年の部の「羽子板」の項を引くと、必ず出ている例句に、長谷川かな女の

羽子板の重きが嬉《うれ》し突かで立つ

の一句がある。

モデルのこの少女、親から新しい羽子板を買ってもらったのだろう。それまで持っていた薄手のやや小さめの羽子板と違って、どこかずっしり手に重い。その重さが、理屈なく嬉しくて、なかなか羽子《はね》突きの仲間に入れない——といった句意になろう。

私達の子供のころはと言えば、正月には女の子は誘い合って羽子突きをしたし、東京・浅草の羽子板市ならずとも、羽子板や羽子はどこにでも売っていたから不自由はしなかっ

た。ところがどうだろう、近ごろというか、平成の時代に入ってからというもの、子供相手の店屋に羽子板を見掛けないばかりか、正月の街中でも晴れ着姿の羽子突きは一切見られなくなった。同じ歳時記に出ている

その中に羽根つく吾子《あ》の声澄めり　　杉田久女

などはもう夢の夢の世界である。

という訳でもないが、羽子板にまつわる古い話を探ってみた。

樋口一葉が書いた小説『十三夜』では、この物語の主役であるお関が、玉の輿《こし》に乗って高級官吏でもある原田勇のもとに嫁ぐきっかけになったのが、この羽子突きである。

その粗筋はこうである。阿関《おせき》（お関）が十七歳の正月のことだった。まだ門松も取れぬ七日の朝、猿楽町の家の前で、隣の小娘と追い羽子をしていたところ、小娘が突いた白い羽子が、たまたま通りかかった原田の車の中に落ちた。それをもらいに行ったのが阿関で、後は読者の想像通りの結果になった。

羽子突き遊びにもいろんな歌があった。その一つを紹介すると、こんなものがある。年長の女の子が、羽子に息を吹きかけ温めてから、歌い始める。

ひとめ　ふため／みやかし　よめで／いつやの　むさし／ななやの　やさし／ここのや　とーお／とーおで一貫貸した

古い歌だから、少々意味も不明だが、数え唄になっていて、最後の「一貫」とは、銭の単位で、明治以降は十銭のことを言った。勝負に負けた子は追いかけられ、私ども子供のころ同様に、顔に筆で墨を塗られた。

もっと古いことを書くが、この羽子突き、実は室町時代に生まれたものらしく、その当時の文献には、羽子板を胡鬼《こき》と呼んで、邪鬼のことだったというから恐ろしい。この胡鬼の板が、やがて羽胡鬼板、羽子木板となり、さらに略されて羽子板になった。

正月の十四日から十五日にかけて行われる行事に左義長《さぎちょう》がある。今では「どんど」や「とんど」の呼び名の方が分かりやすいが、山から伐り出した栗や楢《なら》の木を中心に据え火を焚き、正月の注連《しめ》飾りや松飾りを焼くことである。

この儀式を左義長と呼ぶいわれは、拙著『季語成り立ち辞典』（平凡社）にも書いたが、概略このようないきさつがある。

後漢の明帝のころの話だが、仏教と道教の優劣を試みるため、両方の経典を左右に置いて火をかけた。ところが、右に置いた道教の経典はすぐに灰になったが、左に置いた仏教の経典の方は、燃えないばかりか、仏舎利から五色の光明を発した。その結果、「左《さ》の義、長ぜり」（優れている）となり、「左義長」の語源となった。

かつては、この左義長の折に、邪鬼祓《はら》いに使った三角の板が、かの胡鬼板であった。祓い終えた胡鬼板は、左義長の火に投じられたが、邪気祓いの胡鬼板は別の呪《まじな》いにも用いられ、この行く末が羽子板につながったと考えられる。

ついでながら、羽子板で突く羽子にも、興味ある話が残っている。新年に当たって、幼な子が、この一年蚊に刺されないことを、親なら誰もが願った。その思いを、邪鬼を祓う胡鬼板に託した。

それには、蚊を食べる蜻蛉《とんぼ》が適っていた。まず、無患子《むくろじ》の黒い実を蜻蛉の頭に見立て、その実に鳥の羽を刺して蜻蛉になぞらえ、それを羽子板で突いて、さながら飛んでいる蜻蛉に見立てたのである。この例も、当時交流のあった中国から伝わったとされている。

あとがき

もう二十年も前のことだが、平凡社が、雑誌「別冊・太陽」で、「日本を楽しむ暮らしの歳時記」(全四巻)を編んだ。この企画に加えられた私の役割は、既に決められた二千の全季語の解説を一人で書くものだった。しかも、これまでの歳時記の季語解説にはない、読み物として面白い内容をとの特別な注文も付いた。

この手の資料は、前々から十分過ぎるほど持っていたので、調べていくうちに季語の面白さにはまり込み、丁度一年経った頃に千五百枚の原稿は仕上がった。手書きの原稿の上に辞典類の重さもあってか、右手の腱鞘炎になる始末だったが、季語の持つ各々の世界に出遭えたことを思うと、それもどうということなかった。

以後、『季語の来歴』(平凡社刊)など何冊かの著書を上げたが、季語と私の生活は切り離せず、ここ三年程をかけて纏めた五十一編が、この一集『歳時記ものがたり』である。

出版に際しては、本阿弥書店の安田まどかさんに一方ならぬお世話になった。

令和元年八月

榎本　好宏

著者紹介

榎本好宏（えのもと・よしひろ）

昭和12（1937）年東京生まれ。昭和45年、師・森澄雄の「杉」創刊に参画、同49年から18年間編集長。現在、俳誌「航」主宰、「件」同人、読売新聞地方版選者

著書に『森澄雄とともに』『季語の来歴』『六歳の見た戦争』『懐かしき子供の遊び歳時記』（俳人協会評論賞）『季語成り立ち辞典』など、句集に『会景』『祭詩』（俳人協会賞）『知覧』『南溟北溟』『青簾』など

俳人協会評議員、日本文藝家協会、日本エッセイスト・クラブ各会員。

歳時記《さいじき》ものがたり

2019年10月29日　第1刷

著　者　榎本　好宏

発行者　奥田　洋子

発行所　本阿弥《ほんあみ》書店

東京都千代田区神田猿楽町2－1－8　三恵ビル　〒101－0064
電話　03－3294－7068（代）　　振替　00100－5－164430

印刷・製本　日本ハイコム㈱

定価はカバーに表示してあります。

ISBN978-4-7768-1443-6 C0092（3159）　Printed in Japan